歌集

軌跡

第一歌集から第六歌集まで

香野ゆり

短歌研究社

軌跡　目次

第一章　合歓の木

（一九八五年――一九九一年）

第二章　母への便り
（一九九二年――一九九六年）

第四章　方位針　――空と地の旅――
（二〇〇五年――二〇〇七年）

第五章　七色の虹（二〇〇七年――二〇一一年）

第六章　足あと

(二〇一二年——二〇一四年)

軌跡

――香野ゆり第一歌集から第六歌集まで――

第一章　合歓の木

（一九八五年――一九九一年）

夫と子らと

母われと背くらべせしに胸までとふ幼日の娘の日記帳出づ

梅が枝にまひまひのごと蓑虫の這ひゆく見をり娘とわたし

夫が子に削りやりたる竹とんぼ昼寝の子に添ひ羽休めをり

母われに宛てし手紙か眠りても子の幼手に握られてをり

笹群の中に見つくと持ちくれし笹ゆり清《すが》し子の瞳《め》も涼し

息つめて見つむる吾子の指先にとんぼ止まれり羽ふるはせて

空港の爆破報ずるその朝を海外出張の夫は出《い》でゆく

先づは子に次はわれにと土産解く夫は面《おもて》をほころばせつつ

筑波野はかくも広らに拓けしか万国博の南門に立つ

夕餉とる夫のかたへに伴ひて詠みしばかりの歌など聞かす

真夜を醒め夫とし仰ぐ夏の夜の星あかあかと頭上にかかる

旅先に詠みしか夫の相聞歌われの歌帳に記入されをる

受験子

受験子の椅子の軋みのにぶき音覚むればきこゆ真夜を伝ひて

悴《かじか》みて庭に残りゐしバラ一つわが厨べに生き生き開花す

白梅のほろほろと卓にほころびて仄かににほふ小寒の朝

受験子の眠り入りたる部屋あかり忍び消しきて吾もいねけり

改造の成りし風呂には先づ父が入るべきとて待ちゐる吾子ら

吾が臥せば主婦なき朝を子どもらは為すべきをなし登校するも

矢車草

みづみづと矢車草の咲きいでて梅雨のもなかの夏至となるなり

風鈴に触れゆく風のそこはかと梅雨のをはりを告げてさはやか

子のつくるシャボンの泡と湧き雲といづれが白き夏の競演

触れなくにおのづ弾ける鳳仙花　母の手越えて伸びゆけわが子

風鈴の余韻のこれる窓のべに秋海棠の花ひらきそむ

あでやかに咲き極まりし大輪の紅バラ散れりいさぎよきまで

夫の急逝（心筋梗塞）

安らかな寝息つづくと思はせて静かに静かに夫逝きましぬ

朝となく夕となく対ふ写しゑは生けるがごとく微笑ますなり

夫ゆきて咲く木犀の花びらを掌《て》にとり嗅げばその香にがきも

原つぱを横ぎりて来し夫の手に白き野菊のはな揺れをりき

家族写真を挟みしままのパスポート夫の遺品となりて帰るも

わが亡父《ちち》は伝道旅行に発ちしとふ国際電話を待つと娘の言ふ

赤とんぼ佇つ子のつむりに指先に寄りては離るたはむるるごと

野に佇ちて吹く子の笛が音《ね》　羽を得し小鳥のごとく野を翔りゆく

満月を飽かずながむる子の胸にまろらなる夢のはぐくまれよ

わが父は逝きしにあらず天国に単身赴任をせりと娘の言ふ

わが若き日々を顕たせて娘の弾けるショパンのワルツ今宵を満たす

ひむがしの夜空をまたぐオリオンの星座を仰ぐわれは小さき

かたはらに聖書を置きてねむる娘の安き夢路にわれも憩はむ

耐へしこと甘えしこともあなたへの憶ひの中にみな溶けてゆく

匂ふもの身にほのぼのとまとひつつ娘はいつしかに乙女さびゆく

のびやかにわが背を越せる娘よ恵美に対へばほのぼの甘き香のする

一もとの茎より出づる四季咲きの紅ばら色合ひ変へて咲きつぐ

ああ夫を思はざる日の一日とてなく冬は逝き春をむかへし

子の大学入学

亡き父の遺愛の時計を身につけて大学受験の子は出でてゆく

血のにじむほどに努力をつみし子は晴れて音大の門をくぐりぬ

武蔵野に楽徒となりて行く吾息《こ》よつゆな忘れそ揺籃の地を

現つにて聴く楽の音よ子の入学を祝ひて高しバッハザールに

武蔵野音大ホール

子が佇《た》ちて笛を鳴らしし草の野に今さはやけく雲雀子の鳴く

巣立ちしも成人前の吾子にして電話に甘ゆる声たわいなし

わがめぐり優しき色に染むるべく夫の遺作の花の絵掲ぐ

たはむるる犬とわれとのかたはらに夫もあそぶや星の降る夜は

吾が咲かす垣のコスモス　学童の一人触るれば次も触れゆく

花を活け茶にてくつろぐ指先に菊花の香りしるくただよふ

喜びも悲しきこともこれの身の一つ器に受け容れにつつ

父　母

わが父の届けくれたる菊の花たをやかに盛り部屋を満たさな

振りむけば未だ手を振る父母がゐて心ほのぼの帰り路につく

如何やうにせむとふ事もなけれども独りの自由をつつしみて生く

春謳《うた》ふ歌稿にあらね芽起こしの風に吹かれて行かむポストへ

明かき明かき月いでにけり吾娘よ見よ汝の祖母の笑顔に似たる

声にあげ夕星《づつ》いくつ数へつつ夫のみ墓べ娘と後にする

夫の遺せる愛車惜しまれ大学の息子に急ぎ免許をとらす

帰る子を見送る際のさみしさは何にたとへむ慣るるに難し

わが河

触れもせず言ひ寄りもせぬ君にしてわが現身に定位置をもつ

「孤独」とふリルケの詩集の一篇が夜霧のごとくわが河を這ふ

逢ふもよし逢はざるもよし君賜びし詩集一冊納むるままに

美しき錯覚ならむ去りゆける男優の背のやさしきラスト

充ち足りし一日なるべし大き鳥夕山さしてゆつたりと翔ぶ

林中の木洩れ日の道うつそ身の明と暗とを踏むごとくゆく

生きものをあまた抱くらむ夕山を安息の闇裾よりつつむ

葦笛のさぶしかりしよ古里の笛吹童子今はいづこに

ふる里を夕日をこひて寄るまどに小町人形ふつくりと笑む

無言のひかり

すみれ草のぎく竜胆ほととぎす君亡き家の庭に咲きつぐ
おもむろに弥生のひかり彩おびて桃の高枝のあたりより射す
いつ季《とき》の移るを知らね天《あめ》よりの無言のひかり確たる芽ぶき
しんしんと月の夜は更く地を抱きてねむれるごとき石の謐けさ
にぶきわが心をおきて芽ぶく木々きけば聞こゆる春の序奏の

一粒の種子をたづさへ蒲公英《たんぽぽ》の絮毛いづこの地に着くならむ

注がるる無言のひかり鈍色《にびいろ》のコートは脱ぎて野に出でむかも

繭《まゆ》、糸をつむぎつむぎてみづからをやさしむごとくわが歌はあれ

痛きまで顔あげて見る巨杉《おほすぎ》の直立孤高の梢《にれ》をまぶしみ

地を囲む球状の空仰ぎゐて主《神》のふところに抱かるる心地す

汝《な》が子らはのびやかにしておほらかに生きてしあれば亡夫も安かれ

吾娘の弾くショパンのワルツ生き生きとわが少女期を顕たせて響く

たまゆらや吾が手にふれし夫の手の感触たのし目覚めの夢に

掌《て》をひろげ招く夫なり寄りゆけば抱きくれたる春暁の夢

美しき名などは持たぬどくだみの白すがやかに梅雨を咲き出づ

娘

なれの眸《め》に映らむ未知の如何にあれ娘よ清きものを見つめよ

早乙女の匂ひふりつつわが身より離れしものが路地を駈けゆく

狼に気をつけなさい黒髪をふりふりてゆくわが赤づきん

面輪なる起伏はいまだやさしくて吾娘十六の聖なる睡り

父の死

おごそかにただ静かなり父逝きし窓に横たふ朝なぎの海

苦しかるうつし身はなれ今しいま父のたましひ天に翔らむ

口に耳当つれども嗚呼すこしだに息も触れざる父となりにき

われを導きわれを諭しし父の口　父のまなぶたわが手に閉づる

喜寿にして生終へし父うつし世に四十六年わが父なりき

おん神ようつし身はなれゆく父のたましひみ手に委ねたてまつる

父よ父よ天父の大き愛に似てわれを包みし一つの愛よ

父葬送の人らに会釈する母のほそりて小さき背《せな》に手を添ふ

父がため喪の帯きつく締め上げて華やぐわれか人ら迎へて

戦争を語りし父のよみがへり夾竹桃の花咲きさかる

深き谷間に

今年葉のもみぢ更なる桜木や夫も父も師も逝きたりき

燃えのこる何ほどかある天涯へ隔たりしひとしまひおく身に

旅といふ番組ありて更かす夜をわがやじろべゑ揺れ止まぬなり

分け入りて四季をおとなふ人もなき深き谷間に棲むと思へり

焦がれ待つ人を持たざる家の門とざさむとして夜露にふれぬ

へうへうと吾につききて野良犬はわがかたはらに信号を待つ

太《おほ》き陽を呑み込みしより稜線をくきやかにして山鎮みたり

まぼろしの鳥

月の夜を渡らむ鳥のあるを聞くわがまぼろしの鳥か翔るは

煮物の匂ひ旨しと言ひて帰宅せし飢ゑたるひとがかの日はありき

日をすさび心をすさび吹く嵐泣けよ泣けよと言ふがごとくに

それぞれに北帰の鳥はあらうともわが指すところ地の上ならず

けふ読まむ明日は読まむと積み置ける歌集が匂ふ春立つ雨に

繚乱と薔薇散らしたる夕の空　乱心はわが傍へにありて

強風に抗《あらが》ふごとき人の生《いき》　楯形のこのうすき胸板

多《さは》に歌を詠めといふ母わが歌のかなしき幾つ見たりしのちに

汲み出さむ心の内を汲み出さむ汲み出すなへに澄みゆくまでを

呪文となれよ

くれなゐの椿一りん散らしめて燦とかがやく朝のテーブル

こんこんと芽吹かむ力内にひめ湿りて紅し桜の木はだ

脱皮・自由・放心・自在　孤を鎧ふわが解放の呪文となれよ

春暁のまたたきの間の夢ながら一日《ひとひ》ぬくもる汝《なれ》との逢ひに

春されば花ひらく庭ともに見む人あらなくに春またゐぐる

美しきものはあやふし牡丹花のほぐるる朝やしたたかな雨

白の夜叉去《い》にたる如くこのゆふべ牡丹の花のふたたび閉ぢず

パスカルの『パンセ』の岸にそよぐ葦その葦むれの中の一本

泣くことの泣きたきことの多ければこの身の生きて在るとふ証し

わが想ひつむぎつむぎてゆく果てにしづかなる君待ちてゐるべし

まぼろしとうつつのはざま往き交へる君とふ自在を封じ込めんか

二極の思惟

ベルリンの壁が売られてゐるといふ旅の記念といふ名かぶせて

東西のドイツ統一成れる日よ一九九〇年一〇月三日

映像にドイツ統一見たる目に十五夜の月うるみて近し

今世に二極の思惟を見るごとしイラク孤立とドイツ統一と

われも燦たり

ああ只に一途なるかな散りしきる銀杏《いちやう》のみちにわれも燦たり

『はやりを』の扉の裕子そこはかと埴輪のやうな目鼻立ちせる

われのみに青となりたる信号を背信ひとつ抱くごと渡る

くれなゐの極まりしとき自らを引きしぼるがに夕日落ちたり

二人子を容れてなほかつ余る胸この豊饒を時にさびしむ

湾岸戦争

開戦のニュース流るる一瞬に衝撃の波身内を走る

破滅へと一直線になだれゆく画像を見るやイラクの王も

先端の兵器撃ち合ふ映像に砂塵はやまず怒りのごとく

フセインのやうな男の現はれて策略せねば国成らぬのか

正義はた聖戦となへし戦ひのこれの破壊よ何だつたのか

息子の帰郷

ひとつ旅終へて帰れば屋根の上《へ》に宵の明星つややかに在り

双肩の翼やすめむ吾はいま帰巣の鳥のごとく帰りて

夜をこめて雨に濡れたる花々に今朝問診のひと巡りする

子を恋ひて過ししことも思ひ出とならむ息子の帰郷の成りて

大学の四年の学びきつちりと終へてはればれ子の帰郷せり

おめでたう子よ学了へて帰りしを汝の亡父《ちち》もよろこびてゐむ

しみじみと星など見たること無しと言ふ子を春の夜空にさそふ

この庭を出づることなき合歓の木と女あるじに注ぐ五月雨《さみだれ》

遺されし独りの心の決むるまま東京にゆく大阪にもゆく　短歌大会

古襖張り替ふることの楽しみもふえてわが家に歌会をひらく

第二章　母への便り

（一九九二年――一九九六年）

吐息がほどの

黎明の秋霧のなかに茎たちて青くつやめく南天の実は

君おもふ嚢《ふくろ》となりて幾歳月ただよひゐしか地なる水の上《へ》に

すこし吾《あ》にひかり与へよせきせきと前ゆく君の影ふむばかり

生きの身の叫びすこしも虚飾なくおぼろ月夜の犬の遠吠え

夕映えに恍と抱かれてゐるゆゑに渡りてみたき橋一つある

わたくしを連れて逃げてと満月の夜にささやく春の妖精

逃したる冬鳥一羽さがすため足裏《あうら》を石に打ちてわが行く

何ほどの思ひ満たさむ春なれや吐息がほどの歌を吐きつつ

花の旅

満身を傘花となす巨ざくら片そでの傷を包みながらに

北指向もつわがゆゑかやさしかる人の面ざし北へ行きつつ

百灯をかかぐる古木の紅牡丹ふるき女の胸奮はせて

何ゆゑに花に寄りゆく人ならむ見入りしのちの寂しさに耐へ

花の苑ひと日めぐりて連れきたる花のかをりの残る夕髪

ひとつ旅つましく終へむをみなごの熾火《おきび》となれやくれなゐの花

見らるるに関はりもなく咲ききりてあぢさゐの藍あめにしたたる

あぢさゐ園の斜面に風のわたるとき花ばなおのが重さに揺れる

交叉する噴水のみづ弾きあふかかる気負ひを羨《とも》しむわれは

あぢさゐの花のゆたゆた垂りをりて袖にさやりしわれを慰撫する

七たびの秋

あめつちの隔てはあらじ遺品またそのまま納む七たびの秋

新電話機の数字が深夜ひかりゐて異界へ交信いざなふごとし

鎌倉の萩をたづねむ計ひとつ小さく流す腰痛ありて

自らをはげますのみの歌にして最もちさき歌よみかわれ

夜の卓に腕白児等を話しをる新米教師のかがやきや良し

在学の娘《こ》を訪ふことの楽しさに東京までを通ふいくたび

母ごころばかりいささか先行の娘の成人の晴着とゝのふ

多忙なるひと日の果てや夕光に照るもみぢ葉を掌にとりながむ

頑なと言へば言へむか亡き君に操を立てて生きるをみな路

母

八十歳《はちじふ》の母われにあり貝のごとよしあしすべてその前に吐く

母あるいは春の磯べの潮だまり放たれて棲む貝なれわれは

母はその小さき身丈《たけ》にふくふくと独りの哲学もちて住むなり

さびしいと昨日までは言へなきに今日は母御といざいざ乾杯

正夢といふはあるなり亡き父がもたらしくれし合格通知

乙女らに克つすべなどを話題とし今朝より吾息は高校教師

成人の娘

はたち娘のアップの髪がにほやかにわが前に立つ奪ふは誰ぞ

乙女子のおとせる長きひとすぢの黒髪ひかる朝の廊下に

黒髪のながき幾すぢこぼすなる乙女がこの家に棲むといふこと

乙女子はひたすら眠る学業を了へて戻れるのちの幾にち

母さんの足になりますなどと言ふ免許取得の乙女このごろ

ため息に君がききゐし「愛の夢」その娘が今日もそれを弾きゐる

この家に乙女の燦とふりこぼす愛のやうなる光のやうなる

老母《はは》とわれと

見送りの吾をたのまぬ足どりに老母ついついと石みちをゆく

すずろなる風のごとくに帰りゆく老母よこののち幾たびを会ふ

さばさばと辞しゆく老母の後背に枷を払ひし風が従きゆく

この家にしばらるる身と思ふとき飼犬なれとわれは親しむ

われのをる窓の外には汝《なれ》のゐて従者のごとし飼犬とふは

噴くべきを噴きたるもののしづけさに葉を垂れてゐる朱夏の桃の木

夕昏れに一羽が来鳴く三日月がななめに掛かるわが屋根の上《へ》に

一行の詩

わが生きの何を託さむ一行の詩の範疇に息をひそめて

一行の詩といふ鋤《すき》をたづさへてわれの荒野に踏み入りたりし

危ふかる鋭《と》きもの胸にさしむけて歌よみわれの何になぐさむ

手荒なる友に引かれてゆくごとしわが詠むうたにわが傷つきて

一行の詩歌の旅のゆくところ荒野その果て花野その果て

一行の詩歌の惨を超ゆるべく新しきまた惨に入りゆく

身をよぢりゐたる野すすき風熄《や》めばやみたる風の韻にしたがふ

わが生きの迷走しばし許されむ身ひとつにしてまた旅に出づ

木枯しに先立ちゆかせ一本のペンに詰めたる芯わが思ひ

風小僧駈けくだりゆく野のみちに野良の子犬と童女があそぶ

疲れたる一羽のありて降り立たば憩はせしむる草野であれな

老い母を伴ひ出でし冬の旅ともに傷める裡をかかへて

刻々と色を変へつつ昏れてゆく海を見てをり呆と見てをり

散り敷ける公孫樹《いちやう》のもみぢ踏みゆけば人語のごともささめきの波

侘助の白ふくらかに蕾めるは誰《た》が添へくれし冬のともしび

冬の陽をあまねく受くる現し身ぞいとし子ふたりひたひたと添ふ

愛のうた愛にとほきうた一枚のメモにならびてポケットのうち

〈さらひゆけ〉この存念を抱へもち発つ鳥などのあらう筈なく

固く冷たく閉ざせる石の芯までも今よひの雨の透りてあらむ

歩幅なる水路跨がむその刹那、空の底ひを見てしまひたり

時かけて卵をいだく海猫の羽毛をなぶる岬の風は

抱かるれば家犬とならむ野良の子が股間すりぬけ行つてしまへり

独白の詩人が今朝も山にゐてククルククーと時をりを啼く

庭ぐみの朱実ちらして去りし鳥ひそやかにして吾をあざむく

さわがしき鴉の声をいぶかれば全山そむる夕あかねいろ

かなしみ

大き月出でてわが魂《たま》引くらむか夜更け臥床に胸さわぎする

月光にまなこ滌《すす》がるる瞬さへや紛れもあらずイヴの裔なる

抱くことの抱かるることの無きわれに卵《らん》ひそやかな生死《しやうじ》いとなむ

喪中年賀欠礼告ぐる一枚の葉書の文字よ姉からのもの

机《き》の上にありてこの日も目に触るる亡姉《あね》の筆跡香野ゆり様

ほがらかに旅にまぎれてゐし母が夕べの宿に亡き娘言ひ出づ

明日は又せはしき一日来たらむを互ひに言はず旅の一夜を

ビデオカメラをたづさへ旅に伴へる姪のレンズのたしかな構へ

一国をいな世界をも塗り替へしサムエルの母なみだの祈り

殉教！といふ語脳裏にひらめきて父、夫、兄らのくもりなき顔

五つのパンと二匹の魚になほ生きて二十世紀の末なる信徒

育ちたる子らに言へらくわが人生《ひとよ》これ以上にも以下にもあらず

炎天に惜しげもあらで咲く芙蓉咲き切るまでを日に曝すらむ

合歓一樹

この庭の一隅を得し合歓の木の花咲かす夏はな咲かぬ夏

限られし地に根を張れる合歓の木の傘葉詮なしみづから窮す

花咲かぬ年のめぐりや合歓の木の枝を詰めやる再生が為

うつさうと夏を繁茂の庭木々のばつさばつさと剪られゆく惨

夕かぜのすがしくかよふ庭隅に葉をとぢ祈るかたちの一樹

夏休暇二台をならべ門さきに洗車してゐる兄といもうと

暑さのみ人の言ひゆく門の辺に掃きよする先落ち蟬まじる

犬が吠え危急を知らす何かある！主のごとく蛇も動かぬ

かにかくに三合の米けふも炊く三つの腹に供すべくして

黄帝といふ大き生姜の一塊《くれ》を煮もの揚げもの漬けものとする

何に激して会議しをるや前山にカラス数羽のはや小半とき

選歌

手もとよりあまたの歌の生《あ》れ出でて選歌のわが腑ぬけゆくごとし

試されてゐるはおのれぞ選歌とふ対極にある一つの踏絵

いよいよに冴えくるまなこにわが疲れ夜更け薬酒を少しいただく

歌に対きたましひに対き真夜に対く果てにわが見む一つの墓標

好むもの好まざるもの一瞬に選り分くるのかしみみに痛し

辞典にも誤植といふは偶にある人為の限度の一つかこれも

ほつほつと唯ほつほつほつと紡がむはわが手織りうたわがみじか歌

子のあとの風呂なみなみと張られゐて香りしるけき柚子の実ひとつ

手すさびのなれの果てにか柚子ひとつ湯舟に浮きてゐる味噌あたま

真夜こそと背をすべらする上り湯のグググと鳴りて排水口へ

この地球《ほし》の上《へ》に

空路陸路を無傷のままに届きたるM・モンローといふ蘭の花

暗殺に二人子までも奪はれしケネディの母百四歳の死

オーロラの画像まことと信じよう鏡のなかのわれの笑顔も

その碧さまろさも見ずに地のうへに堅く平たく終ふる一生《よ》か

地のさけて山くづるとも嗚呼ひとはこの地球《ほし》の上《へ》に生を享けにし

あまたなるドラマを乗せてゐるならむ銀翼一機ひかりつつゆく

ながながと車つらなり滞《と》まりゐる横断者なき赤信号に

赤子のやうに

あんあんと赤子のやうに泣きませうイエスのみ声ききたき時は
世の中も若人たちも血をながし倒れてゐます神よみ声を
つゆ雲の消えゆくやうに凶悪な人のこころも消えるでせうか
荒れはてた砂漠のやうなこころですもしもあなたに出会はなければ
あんあんと赤子のやうに泣きませうみ足のおとを聞きとむるまで
赤ちゃんのやうにあんあん泣いてゐるひとにちかづくあなたです

ホームレスの子ら一億に達せしと八月六日の新聞報ず

宇宙なるこのオアシスに一億のホームレスの子泣きてゐるとは

貧しさの罪にはあらず虐《しひた》げて私腹をこやす者の罪なり

平和とは名のみ今なほ戦ひのやまぬ地球に子ら泣きてゐる

空蟬

あかつきのさ庭にきみは生《あ》れたのか裂けし背殻がまだ濡れてゐる

旅立ちしものの残せるそのうすき飴いろの殻掌《て》にいつくしむ

脱皮とふ本懐とげし空蟬の苦渋の痕の爪さき立つる

地球汚染のゆゑにかあらむ高温の異常にながき夏にくるしむ

夜枕に片頰のせてめぐらすはかなしきばかり現し世のこと

痛めるは裡のみならず五尺弱ささへ難きかきしむ膝かぶ

半世紀生きて疲れし羽なれど翔けつくすまで羽ばたかしめよ

九年前あなたの逝つたあの朝とおなじに見えて浮かぶ半月

お祈りの課題多きは今しばし永らへよとのおぼし召しなれ

青き果《み》

わが嫁せし二十と二歳かたはらの娘二十二いまだ青き果

うすぎぬを背よりはらりと脱ぎすててわが乙女子は何に羽化する

さ庭べの春は花いろ一色にかがやきてをり幸よ娘にあれ

桃・黄・紅《こう》　春さきがけて咲く花のあたたかき色ゆたかなる色

古びたる竹垣さやに組みかふと庭師もはらなり惜春の庭

おほよそは子育て終へしこの日ごろ花など育てこころ養ふ

庭すみに野鳥の巣ばこ取りつけつ子育て終へし母性のすさび

十年を目途に退《ひ》きたる一つ事さらに十年ゆめ追ひたくて

わがうごくところしたしき視線あり　犬の目、鳥の目、庭蛙《かはづ》の目

この庭に自生のユリのしろじろと且つほこらかに咲きて立秋

姪の赤児

マシュマロのやうにやさしくやはらかく赤児がねむる生《あ》れて十日の

少女の日バンビのやうに跳ねてゐた姪が子をもつ牝《め》鹿となつた

明るみはまぶしかるらん嬰児《みどりご》が半眼にしてこの世うかがふ

半眼におぼおぼしもよ嬰児は胎よりいでて何を見つむる

営為

熱きもの胸より落ちず四十年つづけし一事に幕を引きし日

膝痛に渡良瀬のたび見おくりぬ渓谷鉄道もみぢの旅を

富弘さんに逢ひたかりしを花の絵に逢ひたかりしを今は叶はず

友は今どのあたりゆく旅の無事いのりてあをき秋天仰ぐ

小止みなく生きの営為をくりかへす籠の小鳥かこのわたくしも

食べること活動すること眠ること小鳥とわれの共生の界

束縛の籠より解かれわれからも解かれし鳥よ死といふ自由に

小さなる籠に飼はれてそをいでず死して外界に放たるる鳥

薄明けの空をうづめて鳴きかはす烏《からす》子のこゑ原初のひびき

生きを詠みおもひを詠みて飽かざるは母への便りかと思ふ日のあり

今世紀最大級との声たかきヘール・ボップ彗星見むとするなり

第三章　ベストシーズン

（一九九七年――二〇〇四年）

第一部　時といふもの

時といふもの

十余個の時計この家に動きゐてあはれそれぞれの時をし刻む

秒針の音のひびきを聴き澄ます一人の午後の何事もなし

刻まるる時計の針にうながされ或《ある》はしばられ吾が生はある

五分前すなはち確たる過去にして待つたもあらぬ時といふもの

あの方のお生まれなされ二千年とどこほるなく刻まるる時

君逝きて十三年目の秋は来ぬここに在り経しわれの春秋

風の吹くままにその身をあづけゐる杉の木立の自在見てゐる

芽おこしの風に吹かれて歩まなむ重きコートはもう脱ぎ捨てて

ヘール・ボップ彗星

暁《あけ》前の東の空に超然とかがやきてありヘール・ボップ彗星

四千二百年の時空を超え超えて巨大彗星ようこそ地球へ

あれ見よとわれのはしやぐに娘《こ》までもが起きいでて見る巨大彗星

宇宙より見ればわが住むこの星も青きひかりを放つならずや

おほかたは謎のままとふ天体の人智もおよばぬ深さをおもふ

星見むと佇みをれば足もとにひんやり冷えて犬も来てをり

果てしなき宇宙の一点この星に生命あふれて悲喜もあふれて

四千二百年の邂逅！呆然と佇ちつくし見る巨大彗星

世紀の葬儀

世紀の婚　世紀の葬儀　壮絶にかけぬけ逝きし英妃ダイアナ

遺されし王子の悲傷　遺しゆく母妃の悲傷　ロンドンは雨

うなだれて母の柩につきてゆく二人の王子に胸しぼらるる

偶然と思へぬ英妃ダイアナとマザー・テレサの相つぐ葬儀

二十五億が視聴せしとふダイアナとマザー・テレサの世紀の葬儀

陽のひかり花のひかりの傍へにて愁ひごころのいづくより来る

ふつつりと咲かずなりたる百日紅《さるすべり》あかく燃えしはとほく杳き日

ダイアナといふ美しき肖像と悲劇を残しパリに死す妃は

落葉

落葉おちばおちばの道のいやつづく人の数ほど悲嘆をつみて

一陣の風にあふられからからと声をあげつつ落葉は走る

榛山の巨木のちらす落葉《らくえふ》のわが家にぢかに吹きくだりくる

木蓮のしろき樹幹の暮れのこる捨つるべきものなき簡浄に

報道にくぎづけとなる日の多く苦渋の序曲のごとき歳晩

金融の危機とこころの荒廃をつきつけられてこの歳暮れる

たはやすくタブーくづるる世に生きて蠟の灯のごと揺るるこころは

つぎつぎに恐《こは》さに慣れてゆくことを恐ろしいとは思ひませんか

老母

週いちど訪《と》ふがならひの隣町われを待ちゐる老い母ありて

おもむろに聖書をひらき読みはじむ母のその声まだおとろへず

関東大震災《しんさい》と戦中戦後を生きのびて八十路の母の気丈夫いまも

わがうたの第一読者を自認する母のことばを心して聴く

蚊の鳴くやうな声と言はれし幼年期いま大声に母と会話す

八十五歳《はちじふご》母の齢《とし》までいとせめて生きねばならぬ生きたくおもふ

詩に俳句たしなみにつつ日を送る母の余生よ安らかであれ

大西民子の『光たばねて』

七夕の宵を読みつぐ遺歌集の『光たばねて』に民子を偲ぶ

十五年前にことばを交ししは夢と過ぎにき民子はゐない

茜いろ民子好める表装に遺歌集成れり『光たばねて』

〈力ある者走り続けよ〉声たかく大西民子の遺詠の一首は

〈桃の木は葉をけむらせて〉のかの一首われの心に烟《けぶ》りつづけむ

朝まだき起きいでてする校正の耳にやさしき鈴虫のこゑ

去年の秋放ちやりたる鈴虫の子らか窓べにちかく鳴き澄む

台風のなごりの風ももののとせず生きをかぎりの鈴虫のこゑ

しし座流星群

オリオンに並ぶしし座の辺りより降りも降りたり流星三つ

まばたきの瞬を尾をひき消えゆきぬ流星ふたつ続いてひとつ

流星の瞬をおちゆくそのひかり歓呼のごとし絶叫のごとし

三十余年周期のしし座流星群を生きてふたたび仰ぐやいなや

三《み》つまでも流れの星にあへし事はかな時世《ときよ》のさいはひとせむ

花庭

庭さきにまとめ植ゑおくヒヤシンスことさら宵はかをりはなやぐ

クレマチス牡丹ガーベラ　連休を校正のわれ小庭の花見

盛んなるときの短し牡丹花の開花はすでに亡びのきざし
たけなはの春の花庭めぐるさへ生き死にのことおもふあはれさ
せめて余生は気ままにあれよ老犬を花のさ庭に放し飼ひする
目も見えず四肢も弱りし老犬の身をよせてねる花のかたはら
失楽園《エデン追放》ののちの労苦を思ふなり汗したたらせ土を掘りつつ
滴りてやまぬ汗なり身のうちに悪しき水などあらば流れよ

春は来てゐる

亡君《きみ》の娘が宵を奏づるノクターン星の降れるを見つつ聴きをり

必然に天に顔むけ仰臥すればこころ次第に澄みてゆく真夜

真夜を鳴くふくろふの声ホーホーとホーホーホーとたれをよぶのか

もうそこに春は来てゐる　梟《ふくろふ》のうるみをおびて友をよぶこゑ

ふるへつつ花は咲きをり白もくれんの一花一花をつつむ寂光

うぐひすのおのれがこゑに酔ふごとく立夏の朝をひとしきり鳴く

誰《た》がために鳴くかは知らねうぐひすのこゑ透るなり一つのこゑの

うぐひすをアリアと聴けばもの悲しほしいままなるそのこゑさへも

十字架の墓

ほむら立つことはあらざれしんと澄む火種はなほもわが内にあり

五十年生かされし身のこれよりの折り返し道平《たひ》らかにあれ

人生の折り返し点とやいつ踏みしこの足ならん湯舟にのばす

半世紀生きし身の澱《お》溶《り》かさむと日毎にはげむエアロビックス

すさむ世を生きゆく子らを思ふさへこころの重しふさがる思ひ

ゲームなど無くてよろしい撃つことがすなはち正義の遊びものなど

平和台とふ海の望める高台に吾子らの父の奥津城《墓》はあり

魂はここには在らず在天とおもへど十字架の墓に額づく

死なれたる傷の癒されゆくことも恵みなるべし十五年経つ

亡き君の踏むを得ざりし新世紀へ半身われの踏みいだすとは

息《こ》の婚決まる

二千年降誕祭の近づけり見守りきたる息《こ》の婚決まる

幾春秋はぐくみきたる息の恋をともによろこび共にくるしみ

乙女ごの初めて訪れくれし日は息の卒業のその春のこと

こと更に田舎料理を振る舞ひて母を演ぜり息とフィアンシーに

都会育ちの白くほそき指《おゆび》もて箸はこぶ娘よ姑《はは》をおそるな

子の婚といふ初めてを待つわれの心さわがず不思議なほどに

新妻の初めてたつる味噌の香のただよひをらむ吾息の住居《すまひ》に

まな裏に華燭の典の焼きつきて息らをしのべるをりをりに顕つ

ひとり娘を嫁がせしその両親のこころしのべば切なしわれも

初雪の朝を墨する指さきにおのづ力のこもりゆくなり

今さらに師の水茎のなめらかさ思ひ知りつつ五十路手習ふ

古蔵書

古蔵書の大半すつるを思ひ立つ溜めに溜まりし一千冊の

生きをればかく溜まるかな棄つるもの生きに比例のこの棄つるもの

要らざると心に決し束ねゆく古書の数々身を剝《は》ぐごとし

本類にあまた囲まれ安らぎし日々もありたりわれ若かりし

身の余剰一つ一つを剝ぎゆきて見えくるものも今はあるべし

すがすがと余剰のものを捨てしのちこの空間に入りくるは何

たれか知る昼のしじまを独りなる窓べにつるす南部風鈴

かそかにも短冊のみは揺れゐつつ凪をしづもる南部風鈴

戦慄のテロ

亜熱帯地域とかはりゆく日本　連日猛暑三十度越す

夏一番大型台風ゆつくりと北上しゆく列島ぞひを

ひねもすを日本列島映されて台風進路くまなく示す

テレビにて台風進路をはかりつつ家の周囲の戸じまりをなす

驚愕のニュース茶の間に飛び込みぬ今し朝餉に向かはむ刻を

戦慄のテロのニュースに新世紀初の晩夏のこころも凍る

二〇〇一年晩夏の凶事《テロ》いつしゆんに世界をはしり人間《ひと》を抉《ゑぐ》りぬ

何ゆゑに平和を撃つや旅客機の罪なき人びと道づれにして

三千の命いまなほ不明とふテロに崩れし瓦礫の下に

皓々の月影かなし惨状のテロの現場の頭上にありて

矢を構ふるやうな形の飛機一機うろこの雲の下を飛びゆく

南方を指すやひたすら行く飛機のするどき光肉眼に沁む

いづへとも分からぬ飛機を目に追へば中東の惨せまりてやまず

からうじて平和日本に住まひつつ憂ふるほかなし中東の惨

御子《おこ》の誕生

雅子妃の苦節八年待望の御子の誕生その喜びは

雅子妃の腕に抱かるるみどりごに今そそがるる熱きまなざし

母として御子を抱かるる雅子妃に皇太子さま笑みて添はるる

フィギュアーのペアの演技に魅せらるる結婚飛行のごときその舞

タイスの瞑想曲に乗りて舞ふフィギュアーペアの金のその舞

氷上に労苦のすべてを賭けて舞ふフィギュアーペアの華麗なる舞

娘《こ》別れ（娘の婚約）

説教の主題と主旨を記したる亡き父のメモふいに見いでつ

娘別れの日の迫り来ぬ子ねこなるつぶらな瞳を見てしも泣かゆ

手をたづさへ生きこし年月長かりき三十路を前に娘の嫁ぎゆく

一枚のわが愛蔵の娘の写真今ぞと決しフィアンセの手に

娘の婚の迫る一日一日の削《そ》がるるごともこの身に沁みる

われを置き嫁がむとする娘の決意ことば少なになりてそを知る

娘別れの日の近づけばわが生きの正念場とぞこころを決す

近江まで六百キロを嫁ぎゆく娘につき添ふと母なるわれも

嫁ぎゆく娘を乗せ走るフィアンセのハンドル捌きいと静かなり

スターダストといふ山荘に宿りたり河口湖畔の星ふる宿に

白樺の木立のなかの山荘に一夜を宿る嫁ぎゆく娘と

こまごまとわれを気づかふ娘のめぐしその心もて君に仕《つか》へよ

現《うつ》つ（娘の結婚）

委《ゆだ》ぬべき人はこのひと満面の笑みを湛《たた》へし現つ娘の婚
長身の人に寄り添ふ吾娘がゐる現つ母なるこの眼が見つむ
まばゆかる白きドレスに包まれて現つ佳き日を吾娘が笑みゐる
かけ声に応へかかぐる吾娘の手のひかる指輪と現つの笑みと
娘の婚をしかとこの眼に受けとめむ現つ母なるわれは佇《た》ちたり
ふいに目を上げし車窓に今をしも富士全容を現はし立てり

現はれし富士の全容しかとこの眼《まなこ》にをさむ今日のさきはひ

めでたくも富士に出会へしよろこびを胸にいだきて車窓にをりぬ

現はれて消えて現はる富士の嶺をごほうびと受く今日のさきはひ

婚了へて娘をおき帰るわれとわが胸にをさむる富士の麗容

待宵の花

こと更にいとしみにつつ煎じをり自らの手に干しし十薬

どくだみは十の薬効あるといふ卒寿の母のことばを信ず

生きゆくは闘ふことと母の言ふ「艱難辛苦なれを玉にす」と

待宵の穂花をつみて持ち帰るわが食卓をかざらむために

食卓に飾りし野べのまつよひの黄花やはらに朝露ふふむ

朝卓の待宵の花とぢむとす黄にふくらめるつぼみを添へて

ためらひて抜かずおきたる露くさの今朝は小花をむすぶ藍いろ

ひたすらに歩みて来しか半世紀六十路を前に歩幅ゆるめむ

命の萌芽

「四週に入つたさうよ」喜びに震へるやうな娘よりの電話

「黒点のやうに小さな胎の実」と命の萌芽をつたへ来し吾娘

祖母となるこの私の脳内に意識革命はや萌えそめぬ

母われに受胎を告げし娘の声の耳底にあり夜更けてまでも

先づは先づ無事に出生なれかしと娘の懐妊を知りて祈るも

子育ての難しき今の世にありて生まれくる子の幸せ祈る

妊娠と出産といふ関門に歩み始めぬ娘は喜びて

結婚については祈り出産については祈る母はいそがし

祖母といふ言葉はじめて聞くごとく胸に生ずる爽やかな風

第二部　ベストシーズン

瀬戸内の街

初めてを新幹線におとづれる君の住むまち瀬戸内の街

改札口にわれを見つけて手を挙ぐる君の笑顔に安堵なしたり

初めてを立ちたる西の城下町胸ふるはせて踏み入りしなり

助手席に身をあづければ言葉よりさきに愛車のうごきそめたり

非日常に包まれしわれ初秋《はつあき》の備北路をゆく心ゆくまで

くれなゐに色づきそめし高原を君かろやかに車走らす

二つ三つ峠をこえて牧師なる君の牧する備北に着きぬ

会堂の白き十字架その横のキリストの絵のきよき空間

講壇の横なるピアノ弾きみれば沈みて音の出ぬもあるなり

阪神大震災《しんさい》に助け出されしピアノとふ聞けばにはかに愛しみの湧く

瀬戸の海

無尽数《ず》の蓮の葉浮けるごとくにも瀬戸の海面《も》の銀波かがよふ

立ちたるは夢かうつつか瀬戸のうみ与島の風にいまを吹かるる

凪ぎわたる瀬戸の内灘このわれを限りもあらず抱きくれたり

瀬戸大橋を背にし立たせてわれを撮る君のレンズに羞《やさ》しく映れ

かろやかに走る愛車にわれを乗せふとつぐむ君なにを思ひて

太平洋の荒波見なるるこの眼《まみ》に瀬戸の内灘いとしづかなり

点々と小島をいだき瀬戸内の海のしづけさ母胎をおもふ

肩並めて君とながむる瀬戸内の海しづかなり風すこし吹く

やはらかき岡山弁に触れゐつつ心いつしかほぐれゆきしか

魚貝類なべて新鮮瀬戸内の香りとともに昼餉いただく

食感と君の会話をこもごもに戴きをりぬ至福とともに

とりあへず帰る日は明日けふといふ日を楽しまむ瀬戸の陽のもと

み神のはからひ

わが帰宅追ひかくるがの君の文ながきが届く胸あつく読む

先づは新居を定《き》めてあなたを迎へたしすなはち君の求婚のふみ

文読まばただちに返事せよといふ君の真情あふるるそのふみ

神に祈りつき動かされ記ししとの求婚のふみ受諾を決す

何といふ神のはからひ二人子を巣立たせ間《ま》なく吾《あ》も巣立つとは

息《こ》と娘《こ》と吾《あ》の三つの結婚なさしめしみ神のはからひ二年のうちに

二人子を巣立たせてよりのわが祈り献身の祈りひたすらなりき

君にしたがふ

君に会ふ旅路の車窓《まど》に決まりたるごとく現はる富士が嶺親《ちか》し

改札口に待ちくるる君見えそめてはやわがこころ駈けいづるなり

キャリーバッグをさつと受け取り先をゆく君に従ひそのあとをゆく

この旅の日程などを聞かせつつ先ゆく君に小走りに従《つ》く

先づは先づ君の家族にお目通り迎へられたるわれと知りぬる

にぎやかに君の家族と睦びつつ秋の夜長のややに更けゆく

一挙にもふたりのをさなの祖母となり春には更にふたり加はる

婚の宴

寡婦なりし十六年は子と老母と共に祈りし歳月なりき

遺志をつぎ遺児のふたりもキリストを仰ぐ者とし生くる嬉しさ

うからら と血筋のものに祝はるる宴《うたげ》の席の不覚のなみだ

華やかな晴着をふたたび着るなどは思ひもよらぬ吾でありにし

宴での中華料理のフルコース帯のきつくも少しいただく

隣席の君の晴れやかなる顔を見ては安らぐ宴の刻《とき》を

君の子も隣にありて宴席をなごまする会話をりをりしつつ

婚による八百キロのわが転居まづはこの家を閉《し》めて発つなり

丘のわが家

モンマルトルの丘にも似たる山の家岡山市街の奥のわが家

時をりは君の家族のおとづれに賑はふ家に君とわれ住む

実子《こ》とわれの三人《みたり》の同志はなれ住む関東・関西・西日本と

朝ごとに子らを祈らぬ日はあらぬ傍への夫も唱和しくれて

多忙なる君に仕ふるわがつとめ牧する君にけふも従きゆく

子育てを了へてその子らのもはらなる子育てをいま君と見まもる

陸の子われは

トルコ周遊八日間の控表留守をば守る子らに託しつ
事あらばいづれ届かぬ外国《とつくに》に発たんとはする夫と共に
翼なきものの定めか空を飛ぶことをおそるる陸の子われは
雲海を突き抜けしときあくまでも澄みてかがやく天界ありし
陸の子われ雲海の上《へ》に出《い》でしとき心洗はれ涙あふれき
雲上に思ひのあふれ涙して「神よ」と祈る陸の子われは

トルコ航空47便ひたすらに昼夜を飛びぬイスタンブールへ

一万メートル上空の夜は月星のほかは見えざる清澄の界

イスタンブール

直航のイスタンブールへ十四時間よくぞ耐へたる狭き機内に

眼下《まな》の海はエーゲか夢に見し地中海辺に降下する飛機

トルコ人案内人のベルカン氏流暢日本語にわれらを迎ふ

ヨーロッパ・アジア・アフリカ大陸の交叉点なりトルコとふ国

エーゲ海辺をバスに走ればゆらめきてワイン色せる朝日のぼり来《く》

紺碧のエーゲ海上今しいまワイン色せる朝日のぼりく

エフェソス（エペソ）

アンソニー・クレオパトラの住みしとふ宮殿跡にうすら陽の射す

幾千年の風化を晒しエフェソスに大理石なる遺跡はまろぶ

列柱も石のロードも大理石粗《あら》あらとあるエペソの遺跡

通行をはばむいきほひ物売りの子らの寄りくる古代遺跡に

如何なる王の住み給ひしか列柱の一本のこる城跡に佇つ

石柱の遺跡の横を通るとき士師サムソンの最期《さいご》かよぎる

古代なる都の遺跡ワアワアと戦《いくさ》の声か風の過ぎゆく

イエス亡きあとを忍びて住みにしやエペソの山奥マリアの棲家

二千年の時空を超えて君とわれ使徒の時代の街道をゆく

二千年の時空を超えてエフェソスに使徒の辿りし足跡を行く

聖蹟を歴史を路上にまろばせて今を生きつぐ遺跡の民ら

スウェーデンへ

還暦の記念とならむ北欧の旅に出で発つ君とし共に

湖と森のまばゆし眼下なるストックホルムに降下する飛機

木造の建造物の美しさ豊かさ日本に劣らぬスウェーデン

木の文化工夫こらせるスウェーデン日本の文化に通ふものあり

スウェーデン女性の意外に小柄にて日本人われ親しみのわく

戦乱の日本に宣教なされたるスウェーデンの師ら訪ねゆく旅

閑散と市中にありぬノーベル賞授受に知らるるシティホールは

ストックホルムをそぞろ歩めば行くところ必ず出会ふ教会の塔

整然とストックホルムの街はあり住む人々のマナーのよさに

白夜かなストックホルムは夜更けても暮れ切らぬまま夜明けを迎ふ

つかの間の夏を楽しむスウェーデンの人ら繰り出す白夜の街へ

スウェーデンの共存共栄キリスト教国際教会につどふ多様民族

夕食会

片言の英語に問ひし吾に対きスウェーデン青年懇切なりき
夕食会に隣れるスウェーデン青年と会話たのしむ一時間ほど
スウェーデン食物文化の簡素さを頼もしと見つ好もしと見つ
日本より帰国のスウェーデン宣教師おだやかに老い在《いま》したるなり
「ヨシオカセンセノオクサンネ」会のあと夫の旧知に抱きしめらるる
「ミナサンニドウゾヨロシク」日本語は忘れないといふ元宣教師

街中をゆけばいづこもすがすがしスウェーデン人の気質しのばる

バスに行くわれらの前を颯爽と馬を走らすスウェーデン少女

スウェーデンの教会いくつも見めぐりて新しきを知る古きをも知る

二週間のスウェーデン滞在つかの間に過ぎてこころにのこる温みの

神の手の

前日の雨晴れ上がり関空のジャンボにて発つ一路パリへと

飛機に見る水平線のやはらかにまろみをおびて空と画せる

飛ぶやうなといふ言葉ありジャンボ機の時速九百キロの体験

ナビ画面を見つつ空の旅をゆくモスクワ・コペンハーゲン・パリと

ジャンボ機の高度一万メートルを航《ゆ》くこの滑らかな水平飛行

機窓なる山岳起伏はシベリアの大地よ冬を更に凍てつく

隆起侵食自然の妙を機窓より打ち眺めをりシベリア大地の

ジャンボ機は高度を上げてシベリアの上空をゆく大氷原の

シベリアの上空晴れて氷原の大パノラマを眼下《まなした》に行く

ツンドラの上空をゆく不可思議な大地の模様に感嘆しつつ

ツンドラに蛇行の河よ神の手の自在のままに描ける姿

パリの朝

十二時間の飛行に耐へてジャンボ機のいま降下するドゴール空港

うら若き添乗員の点呼する空港の隅われらを率きて

朝六時まだ明けきらぬパリの街旅の二日目君とし歩む

人口の五分の一は華やかなパリに住むとふフランス事情

ゆたゆたとセーヌは流る石造の建築物をあまた映して

パリ市中歩めばふとも目にとまる水仙さくら福寿草の花

日本車と何ら変らぬ車列なりパリの市中と市外を問はず

贅沢な食事を避けてスーパーにパンを購《あがな》ふパリの路地裏

パリあれこれ

パリ郊外の田園風景見事なり機窓に見えしものの具体は

パリ郊外の小麦畑の緑いろ広がりをれり冬空の下

パリ市街いづこも豪華絢爛のビル立ちならぶセーヌに沿ひて

パリ街《がい》に昼夜を問はず観光客の溢れゐて現地人の少なし

パリ市中巡りめぐりてセーヌ川ドーバー海峡までを流ると

犬連るる一人二人とすれちがふパリの郊外朝な夕なに

コンコルド広場に遺る刑場の傷ましマリー・アントワネットの

オペラ座もパリ三越もバスにゆくその一瞬を見たりしのみに

ひときはに高きモンマルトルの丘オッフェンバックも眠るその丘

目を奪ふパリの建造物のうちアパート群も少なくなきと

その文化遺産のほかはパリに住む人ら質素に暮らすと見たり

パリ観光の貸切バスはセザンヌといふ名でありきその名に惹かる

華麗かつ深き陰影もつパリを摑みきれざるままに立ち去る

パリの街ガイドしくれし老婦人石井好子に似しひとなりき

戦争の傷跡いまも英語での会話をきらふフランス人は

英語にて挨拶するも仏語にてことば返さるそこで途切るる

親日家の笑みには逢はずパリに居て無心の笑みに逢ふは無かりき

ルノアールの描《か》きし少女の面影をみせてふり向くいちにんありぬ

隔たるは距離のみならずフランスを訪れて知るその隔たりを

シャンゼリゼ通りを低き視点にて歩めば見えしものもありしか

憶えあるルノアールの絵のコースター旅の記念に数葉を買ふ

駆け足の旅にあれどもフランスの否応もなき暗さも知りぬ

モンサンミッシェル寺院

パリ市より西へ三百七十キロサンマロ湾のミッシェル寺院
洋上に百六十メートルの巌《いは》の城ミッシェル寺院は兜《かぶと》形せる
三百六十五段の石段のぼりゆくミッシェル寺院の塔ちかくまで
今もなほ修道士らの住むといふミッシェル寺院の巌穴《いはあな》の奥
千三百年の時を経てなほ洋上に厳然とあるミッシェル寺院は
観光客の日々訪るる寺院内修道士らは如何に見るらむ

はるかなる時空を超えて今もなほ巌穴寺院に生きる信仰
東洋のはるかな客を受け容れて染まず拒まずミッシェル寺院は
ロマネスク・ゴシック混合様式のミッシェル寺院は世界遺産に
フランスの文化の一つオムレツの発祥はここミッシェル寺院
老いそむる二人の旅は飾らずに身軽に心おもむくままに
エアロ歴五年の足のらくらくと遺跡をめぐる二時間ほどは
六十路なる手をたづさへて旅に出るいまがふたりのベストシーズン

第四章　方位針　――空と地の旅――

（二〇〇五年――二〇〇七年）

シンガポール旅情

赤道にちかき機上の夜八時宙《そら》にはいまだ太陽がある
時速九百キロといへども雲上にあれば静止のごとき飛行か
幾すぢも帯状の雲たなびくは地球自転の証しと眺む
六時間かけてマレーの半島《しま》に着く飛行機といふ翼を借りて
整然とシンガポールの街はあるその大半が国有地らし
海外に在れば唯一の証明書パスポートこれ肌身はなさず

シンガポール独立四十周年の街を往きかふ多様民族

日本語を駆使しわれらを案内《あない》する現地ガイドのマレー女性は

シンガポールの女性は働き者といふ働く故に強しと言へり

インド人に日本人かと訊かれをりシンガポールの服飾店で

それらしき風貌ならむ外国に在れば日本人かとずばり訊かれて

大半を中国人が占むるといふシンガポールの活気あふるる

デパ地下に多種彩々の食を摂る人ら溢るるシンガポールの

ハエ一匹も飛んではをらぬ常夏のシンガポールの大食堂に

をちこちにエリザベスの名は残る英領たりしシンガポールの

月見草の花むらの上《へ》を黄蝶舞ふセントーサ島をめぐる道みち

セントーサ島のイルカのピンクいろ子かとおもへば老齢といふ

マラッカの海峡はるか望むなり黒く横たふスマトラの半島《しま》

海岸に憩へる人ら一瞬に呑み込みし嗚呼スマトラ津波

海賊の横行するやマラッカの海峡は凪ぐ危険ひそめて

日本のタンカー一艘拉致されしマラッカの海あまりに青し

広島行

何事も無かりし如くビル群の立つ広島の街に入りゆく

戦争を知らぬこのわれ原爆の投下地点をおとづれる今

原爆ドームを背景にせし一枚の記念写真の息苦しさよ

平和記念公園を行く足もとに真白きハトの群れて遊べり

首をふりふり近づきてくる鳩の足気づけば赤しなぜか痛まし

広島をおとづれし日は原爆投下《とうか》より二万一千五百五日目　平16・6・22

地球平和監視時計の指し示す投下後２１５０５日の数字

七十年草木も生えじと言はれしにその秋夾竹桃の花は咲きしか

核兵器廃絶までを灯すとふ「平和の灯火」吹き上げ燃ゆる

二十年八月六日月曜日登校途中に被爆の少女

被爆女史語る「その時」聴き入りぬ石に腰かけ固唾をのみて

広島に国境のなき地図がある平和を祈る世界地図なれ

沖縄行

近くて遠き沖縄なりき初めてを君と訪ぬる霜月はじめ

米軍と一部共用するといふ那覇空港に今を降り立つ

元気よき現地ガイドの案内に先づは立ちたる守礼の門に

生きのびし人も哀しく生き来しと沖縄ガイドの言葉の哀し

ひめゆりの少女ら果てし防空壕をのぞかむとして罪悪感の

生きのびしひめゆり部隊の証言を時の政府は葬りしとぞ

三人を育て上げしと沖縄の女性ガイドは胸を張りたり
復興の陰に女性ありといふ沖縄ガイドの女性たくまし

祈りの如し

父似のこころ母似のからだまがふ無くまさしくわれは両親の子よ
天衣無縫の父の笑顔よ方形の喪の額外せと言はむばかりに
父逝きて十六年はや過ぎゆきてその歳月を永らふる母
父逝きし齢《よはひ》はるかに越え生きて九十二歳健在の母

四季折々に常陸《ひたち》の母を訪ねつつ岡山在住三年のわれ

この歌が誌上に載るまで永らへて　老母《はは》を詠むうた祈りの如し

「仰《あおぐ》」といふ名

子の名をば「仰」と夢に示されしままに名づくと娘夫婦は

天に聞き主の名を仰ぐ人として育てと名づくみどり児「仰」

遠き地に嫁ぎし娘の授かりしみどり児を抱く初めての祖母

真白なる産着に包まるるみどり児を抱けばいのちの重みの伝ふ

「こんにちは赤ちゃん」小《ち》さく握られしみどり児の手にそつと触れみる

みどり児を抱く感触のよみがへり娘の初子《うひご》を抱きて若やぐ

目交し給ふ

忍耐に磨き抜かれし品性を拝し涙す美智子皇后の

おやさしいお顔向けられ手を振られ去らるる陛下微風と共に

両陛下この目の前を行かれますいと静やかにいとにこやかに

一途なるわれの視線に一瞬を目交し給ふ皇后陛下は

国体にご臨席ゆゑ岡山に来られし陛下を至近に拝す

衆院選狂騒曲のそのあとの岡山国体おだしかりにし

次姉の死

霜月の満月の夜を天翔けし姉のその道明るかりしか

懸命に癌と戦ひ逝きし姉六十七歳生きたかりけむ

すべからく一生懸命なりし姉生きて生きぬき主イエスのもとへ

六十七歳短《みじか》かりしと言ふまいぞ姉の一生《よ》のかがやき思《も》へば

誠実に一途に生きし汝が一生《ひとよ》妹われの誇りとなりぬ

牧者なる汝《な》が子らによる葬式のまことあつぱれ汝が冠ぞ

母（九十三歳から九十四歳）

九十三歳弱り給ひし母なれど生きゐてくれるだけで貴《たつと》し

嫁ぎ来て遠住むわれが季節ごとたづぬる折をひたに待つ母

九十三歳何を祈りてゐるならむ母に合せて掌を合すなり

生き生きて九十四歳わが母の笑みあどけなき幼のごとし

老い母と「寅さん」を今たのしむと看取りの姉の明るき電話

電話口「ゆりちゃん元気?」をくり返す老い母と今うれしき会話

末子ゆゑ受けし甘さも辛さをも全て受け容れいま母恋し

充分に生きしよはひの母なれど更によはひをのばせと祈る

まことに天使

日本の西の端なる長崎に弥生の末を初にたづぬる

気立てよき四歳の児の明るさにツアーの旅の皆々なごむ

すさむ世にまこと天使とおもふまで四歳の児のめぐし振る舞ひ

離れ住む血肉しのび旅の児を膝にねむらせいとしかりけり

荒れし世におお！天使児を見しおもひ　出会ひの男児を抱きて涙す

われに身をゆだねてねむる幼ごの一生《よ》のさちを祈りてをりぬ

ナイアガラの滝

エアカナダ36便満席の乗客をのせ一路カナダへ

日付変更線の通過に一日の長くなるなりカナダへの旅

日付変更線の辺りを通過より体内時計の狂ひそむなり

棚引ける雲のその下やまなみの現はれいでてカナダ近づく

昨日といふ日ふたたび戴きてカナダに着きぬ時差とふ不思議

昨日が今日といふ日を降り立ちてバンクーバーに一歩を記す

十余時間の飛行は時差に消去されカナダに迎ふ昨日の朝

機に見ゆる雲より出《い》でて藍色の山脈つづくカナダの大地

トロントを夕にし発ちてナイアガラ滝を見下ろすホテルに着けり

九階の窓に見下ろすナイアガラ滝彩光の施されゐて

虹色にきらめきにつつ流れ落つ夜のナイアガラ滝の圧巻

オンタリオ湖より一挙に落下するナイアガラの滝地ひびき上げて

その落差捨て身の如くなだれゆくナイアガラの滝とどろきにつつ

押し返し押し戻しつつ加速度を上げし滝水一挙にくだる

幅一キロの滝の水煙舞ひ上がりナイアガラに見る虹の架け橋

雨コートすつぽり被り至近より落下を見上ぐカナダの滝の

エレベーターにくだりて行けばナイアガラの轟音にあふ滝の真裏の

ナイアガラの滝のブルーよ今年の春知床に見し流氷のいろ

ロッキー山脈

機窓より鳥瞰すれば隆々と山は連なるカナダの大地

虹色の雲を帯びたる地平線カルガリーへと向かふ機窓に

地球とふ生きもの見たりありありと隆起のあとのロッキー山脈

ロッキーの山脈《やまなみ》ぞひをバスにゆく行けども行けども尽くるを知らず

行けども行けどもカナダは広し鉄道に横断すれば八千キロとふ

五大湖の頭文字なるＨＯＭＥＳを教へられたりカナダガイドに*

＊ヒューロン・オンタリオ・ミシガン・エリー・スペリオルの五湖

四国ほどの大きさといふオンタリオ湖の末は大西洋に流れ入るとふ

ロッキーに魅せられガイドになりしとふ薩摩の出なる日本青年

サルファー山のロープウェーよりロッキーの山々を観る視野の限りを

三千メートル級の連なるロッキーの山巡りつつみ神を讃ふ

グランドキャニオン

むら雲をまつ赤にそめて沈みゆくグランドキャニオンの大き夕日は

大いなるみ手にきざまるる彫刻をおどろき眺む大峡谷の

雲一つ置かぬ真青の峡谷にいま昇りそむ大き日輪

峡谷に立つ人間の小ささよ大いなるこの被造物の前に

人界の汚濁をへだて陸奥《りくおく》に超然とあるグランドキャニオン

大峡谷に日の昇るさま絵のごとく明瞭にして晴れ渡りたり

アリゾナをネバダを馳せて千余キロつひに達せる大峡谷に

一万メートル上空より見るアメリカの国土窓枠をはみ出て広し

旧ルート66の店頭のＪ・ウェインに歓迎さるる　等身大人形

砂漠地に一大都市は成りてありラスベガスこの巨大なる都市

砂漠地に巨大な都市を建造のアメリカといふ怪力を見る

ロス帰りの機中は長しくたびれて吾はストレッチ君は居眠る

時差により昼の日なかも睡眠をすすむる機内消灯となる

ハンドルがある時くるりと逆回転そんな感じに日付変更線を越ゆ

北海道周遊の旅

降り立ちし新千歳空港は弥生の八日吹雪きてをれり

いづこともなくオルゴールの音きこゆ小樽メルヘン広場に佇てば

美唄・夕張・富良野のひびき快し周遊の旅バスに行きつつ

皓々と窓に照り映え夜すがらを雪の旭川白夜のごとし

初めての旭川の地をわれ踏みて小説『氷点』の背景を知る

層雲峡の奇岩樹林のをちこちに鹿の親子の遊べるが見ゆ

春まだき層雲峡を走りゆくエゾマツ・トドマツつづくその道

延々とつづく網走への道は囚人たちの手に成れるとぞ

今もなほ足枷《かせ》などの出るといふ道を造りし囚人たちの

春まだき網走港は水揚と砕氷船に賑はひてをり

弥生の十日網走港に流氷のただよふを見き深きみづいろ

知床につづく海辺の流氷のおびただしきは途切れもあらず

知床はオーロラ祭に賑はへり旅びと五百人余がつどふ

摩周湖の青は見えねど一面の雪の化粧は耀《かがよ》ふばかり

阿寒湖の冬の花火を見てゐつつ零下一度の寒さを忘る

鶴居村の丹頂鶴のカウカウと雪舞ふ中に呼び合ひにつつ

見はるかす釧路原野の広ごりに北の大地の恵みを思ふ

延々とつづく日勝の峠ゆく北の秘境にうち見とれつつ

啄木を語れる若きガイドゐて思はず声をかけたりわれは

晴れの日は下北半島の見ゆるとふ啄木の碑は海辺にありぬ

機窓の景

ロンドンに向かふ機窓に見し景の地形市街地あざやかなりし

フランスの帰路のロンドン経由ではイギリス滞在わづか二時間

ロンドンのヒースロー空港ひろびろし搭乗までをながなが歩く

瞬の間のロンドンの景この眼《まみ》にしかと収むるまた逢ふ日まで

機窓より眺むる夜明け地と空をあざやかに分け朝陽さしそむ

地と空の真青を分けてゆるやかに弧を描きつつ機窓の夜明け

機窓より眺むる景の荘厳に創造主をば讃へてをりぬ

シベリアを飛行すること三時間延々つづく氷雪の原

ハバロフスクの上空に見る氷原の壁刻《へきこく》ふかく黒白を分く

眼下《まな》の小島に寄する白波のリアスの襞《ひだ》をきは立たせつつ

オホーツクの山脈《やまなみ》見たり漆黒に刻まるる山飛機の窓より

眼下《まな》に日本の地図は横たはり南下してゆく関空さして

地は青く空ひろびろしこの地球《ほし》は守護のベールに包まれてゐる

ごつた返す関西空港関門のいくつかを経て帰国完了す

大塚国際美術館

鳴門市の大塚国際美術館およそ千点ひと日観めぐる

遅速気ままに絵を観てめぐるわが傍へ視野の範囲に夫も観てをる

如何なる財をつぎ込みしやと思ふまで大塚美術館の荘重

ミケランジェロ「天地創造」の天井画首痛きまで眺めてをりぬ

修復後の「最後の晩餐」使徒たちの表情までも詳《つまび》らかなり

ルネサンスを境にイコン母子像の筆致やはらとなるを知りたる

ルノアール・ゴッホ・ゴーギャン・モネ・マチス世界の名画これ一堂に

人間味あふるる筆致親しかりルノアールの絵の並ぶフロアは

ふくよかな裸婦ら水辺にあそぶなりルノアール描く画布いっぱいに

陶板に再現されし「ひまはり」の黄のあざやかさめくるめくまで

橋上に何を聞きしや耳ふさぎ眼《まなこ》みひらくムンクの「叫び」

「睡蓮」のテーマはいづこ幾十年モネこだはりし心の奥は

かつて見しモネの「睡蓮」部分画と原画のちがひ今更に知る

部分見て言ふは愚なりと「睡蓮」の原画の前に襟を正すも

地上三階地下三階まで絵千点観終ふればはや夕かたまけて

大塚二代一念の甲斐ここにあり世界に誇るこの美術館

千年も古びることは無からむと焼きつけられし陶板の絵は

金儲けでも野心でもあらずかな大塚美術館を出て振り返る

北京に立つ

関空を発ちて二時間中国の表玄関青島《チンタオ》に着く

複雑な入国審査を通過して北京に入りぬ長城見たし

往き交へる人ら緊《しま》りし面持《おも》ちに素早く動く北京の街を

千五百万北京市民の胃袋を満たす食材いとも豊かに

たむろする人などあらず中国の人ら生きたる眼《まなこ》をもてる

五千年の中国歴史をしみ思ふ往き交ふ人に建造物に

堪能な日本語駆使し案内《あない》する楊さんといふ優しき女性

天安門広場に立てば民衆のざわめき聞こゆ過ぎにし日々の

ホテルにもデパートにもクリスマスツリー飾られ北京にぎはふ

禁教に耐へし北京の教会に三千人の信徒が集ふ

クリントン元大統領も礼拝に出席せしとふ北京の教会

人口は日本の十倍中国の動かし難き力をおもふ

中国の国土は日本の二十五倍踏む喜びと踏みし恐れと

中国の首都なる北京ひしめける人と車と黄砂めく空

万里の長城

観たかりし万里の長城この足に四キロ歩む夢みる思ひ

繋ぐれば六千キロはあるといふ万里の長城要塞の跡

それぞれの山に築きし要塞をつなぎて万里の長城はある

長城の見張りの台は休憩所上りくだりて四キロ歩む

前世紀もて余されし長城に今はあまたの旅人つどふ

外敵の要塞なりし長城の途方もあらず尾根から尾根へ

巨大なる龍にかも似て尾根伝ふ長城の道あへぎつつ行く

あまたなる民の救済策なると聞けばし泣かゆ築長城の

歴代の王朝により築かれし万里の長城万里を走る

北京より敦煌までの長城の三千五百キロの茫漠

中国にかく謂れあり「長城に登らずんば好漢ならず」と

往き交へる皆々知らぬ顔ばかり長城の道茫漠として

長城にことばかけ合ふことなけれ同種同族の思ひに歩む

隣国の心は固く融くるなし旅ゆくわれも心の重し

ニイハオと言葉をくれし日系人ジョークにあらず吾を見まがひて

長崎行

長崎の自動車道をひた走る長崎といふ街が見たくて

長崎の平和公園の静けさにつひに立ちたりはるばると来て

長崎の平和公園の静けさに佇てば迫りぬ平和の願ひ

長崎は聖地とおもふ原爆の被災地ゆゑに祈る地ゆゑに

原爆の当時の地層を保存する平和公園爆心地跡

長崎につひに入りたりキリシタン二十六聖人の殉教の地に

長崎に燦々と陽の注ぎけり平和の像をまぶしみ仰ぐ

長崎のホテルの裏の石畳オランダ坂を踏むこの足に

名所とはかくなるものかひつそりとわれを迎ふるオランダ坂は

その昔オランダ人の居住区の出島はひそと今の世に在り

早朝を尋めし大浦天主堂　殉教の地を望むがに建つ

四世紀前の出来事キリシタン迫害の地に今われは佇つ

大浦の天主堂に早朝のミサの声するしづかなるこゑ

キリシタン迫害の地に国宝となりて今を在る大浦天主堂

聖人の一人五島の肖像の壁にかけあるミサへの廊に

信仰を守り通ししたましひを今も世に問ふ大浦天主堂

コルベ神父の記念館ありユダヤ人の身代りとなり果てし神父の

今もなほコルベ神父を記念して遺す小さき間口の館《やかた》

長崎をたづぬる旅はみづからの在りやうを問ふ旅となりしか

長崎をたづぬる旅は桜花《はな》をめで又ははかなむ頃ほひなりし

普賢岳

普賢岳の溶岩ドーム聳《そそ》り立つ噴火のさまを今に顕たせて

普賢岳の溶岩流をまざまざと顕たせて遺る保存の現場

普賢岳の溶岩流の爪痕をふり仰ぎ見るわれをののきて

普賢岳を背にして撮りし一枚の溶岩流の痕跡しるき

煮えたぎる谷と思《も》ひきや雲仙の地獄谷はや涸れ谷なりき

その上《かみ》に悲劇ありしと聞く地獄谷《たに》の熱湯《ゆ》の無きはよし涸れ谷めぐる

立ち籠める硫黄の匂ひ雲仙の空はうす墨いろに暮れゆく

展海峰

長崎の展海峰は霧のなか九十九島までもは見えず

展海峰に見ゆる島々大小のまるで毬藻を散らしし如く

列島の地形の妙を思ふなり展海峰に島々見つつ

地名のみ知りてをりたる直方市、唐津市、伊万里バスに駆りゆく

展海峰に島々見つつ成り立ちに思ひめぐらす日本の島の

海と山と四季に恵まるる日本に生まれし幸を思ふ旅路に

うたよみにあれば短歌を詠みにつつ柳川をゆく白秋のさと

絵かきならスケッチしつつゆくならむ堀川下り花の見頃を

日本の見ぬ地踏まぬ地あまたある小さき日本ゆたかなる島

津和野（島根）

殉教の謂れここにも訪れし津和野の里に菖蒲花咲く

津和野とふ地に引かれゆく梅雨さなか藍したたらせ菖蒲花咲く

迫害の風すさぶ中いたいけな五歳の少女も殉死せしとふ

津和野の乙女峠の殉教史つぶさに読みて胸塞がりぬ

千代紙の人形を売る店ならぶ津和野の町のいにしへ偲ぶ

山の上《へ》の蕗城址《津和野城》までリフトにて上り下りせる現世《げんせ》のふたり

秋吉台（山口）

梅雨さなか秋吉台の快晴に白く浮き立つ羊石群は

見はるかす秋吉台に散らばれる羊石群の花と見まがふ

羊石の千々に乱れて咲くごとく秋吉台の野はかがやけり

あへぎゆく展望台につづく階　身を吹き抜ける秋吉の風

広き野の秋吉台のその地下の東洋一の洞を見めぐる

洞内の冷気を受けて遂にかも「秋芳洞」の順路踏破す

つれづれに

旅にゆく心はおよそここを発ちここに喜び戻らむ為に

「巨星落つ近藤芳美」に朱線引く二〇〇六年短歌新聞

野良犬《のら》の仔が人みて逃ぐるああ野良のわびしき性を引き継ぐならん

身長差二十センチの君の目のわれより高きを見てをるらんか

時として思ふことあり遥かなるわが縁筋の海軍大佐を

牧師の孫と軍人の孫が結ばるる時代は来たる平成の世に

方位針もちて道ゆく君に従《つ》くわが残生のゆるやかにあれ

醍醐桜と楽の音と

からうじて舗装の山路登りゆく醍醐桜に逢はむ細みち

千年を生き永らへて華麗にも花咲かせをり醍醐桜は

ほそ道を登り切りたる丘の上の醍醐桜の荘厳に逢ふ

天が下見おろす如き大樹なり醍醐桜は千年生きて

大樹なる醍醐桜はあまたなる支柱の支へありて咲きをり

あまたなる傷補修され大枝を拡ぐる醍醐桜の麗姿

これを見よ鄙ぶる里の丘の上のこれぞ孤高の桜の大樹

遠つ世の後醍醐帝の賞でられし大樹の桜現世《いま》を生きつぐ

隠岐島に流刑の途次に後醍醐帝の賞でられしとふ醍醐桜の

かなしくも美《は》しき由来の醍醐樹を後世人のわれらも見入る

如何ならむ思ひに眺められしかと帝をしのぶ醍醐桜に

醍醐桜に魅かれし米人ルース氏の花の下辺のミニコンサート

ピアノと桜《はな》の競演ここに実現す醍醐桜の満開の辺に

八十二歳ルース氏奏づる「ロマンス」の調べ流るる真庭の里に

千年を生きて逢ひたる楽の音に醍醐桜の震撼とせむ

千年を生きし身震ひ楽の音に醍醐桜の花びらふぶく

醍醐桜の下で奏づるこのピアノ　クララ・シューマンの弾きしものとふ

千年の醍醐桜を身震はせ古式ピアノの音色ひびかふ

有森裕子すがし

四十歳の有森裕子ゴールする東京マラソン合掌をして
有森裕子感謝のポーズ美しき東京マラソンフィニッシュのとき
有森裕子競技生活終ふるとふ東京マラソン完走を機に
さはやかに有森裕子の笑み残るマラソン走者の記録とともに
岡山の日本の誇るランナーの有森裕子フィナーレすがし
これよりは後進指導に当るとふ有森裕子スマイルの佳し

有森裕子感謝とけぢめのラストラン東京マラソン華の一輪

山陰の海　――鳥取砂丘――

夏帽に運動ぐつをはきて行く広き砂丘を歩きみむとて

七月の小雨降る朝いで発ちぬまだ見ぬ鳥取砂丘を指して

山陰へ走りゆくこと三時間広く展けし賀露港に着く

さてこれは何なのだらう山陰の鳥取の気の明るく澄みて

わが持てる日本海のイメージを崩しておだし賀露の海風

山陰の砂浜の砂やはらかく初めてを踏む足裏《あうら》にやさし

いちめんの白き砂浜海べまで二キロメートル起伏のつづく

すな丘にフタコブラクダの待ちてをり飼ひ慣らされて細き目をして

「如何です乗つてみますか」ラクダの背意外に高く気遅れのせり

ふる里はモンゴルといふ二こぶのラクダの「かなえ」無表情なり

幾百の人を乗せしや二こぶのラクダ動かず客人を待つ

ほそき目に辺りうかがふ二こぶのラクダはブルッと鼻いきを立つ

すな丘の一辺に立つラクダ越し広く見ゆるは山陰の海

山陰の夏海しづか波音の低くひびかふ砂丘《すなをか》に立つ

ふる里のゴビの砂漠に向きて立つフタコブラクダとほき目をして

波のごと起伏のつづく砂をかにあそぶ人影ちひさくとほく

砂丘の高きに立ちて見はるかす山陰の海胸に満ちくる

風紋の流るる如くつづく浜いまを吹く風がふきぬけてゆく

一粒の砂のうごきもこの浜に立てばひびかふ心地こそすれ

「空の星、浜の砂ごのごとく殖ゆ」いにしへのこゑ風はこび来る

第五章　七色の虹

（二〇〇七年——二〇一一年）

母犬と子犬

愛犬の自宅出産に立ち合ひぬ吾がこととして身の内いたむ

愛犬の産みの苦しみ極まりて子犬生まるる二百グラムの

十歳の愛犬なれば苦しみて一匹を産むこれの恵みよ

愛犬の出産に見る神の愛それの摂理のままに生きゐて

産みし子をひたすら舐めてへその緒を処理し乳やる母犬つよし

生まれ出て半時ののち乳を吸ふ懸命に吸ふ子犬のいのち

片時も子より離れず育児する老犬クッキー涙ぐましき

いのちあるものの貴し愛犬の母性のはぐくむ子犬のいのち

二百グラムに生まれし子犬七日後に四百グラムその名ラッキー

十日目の子犬の目方三倍の六百グラムテリアの二世

老犬の産後の肥立ちよき様子けさは散歩をねだる気配す

早朝の散歩の道に拾ひたるのうぜんかづらの花もち帰る

極まれるいのち（母の死）

極まれるいのちを生きる老い母のひと日ひと日は吐息のごとし

摂食のほそるは止むを得ぬことと主治医すすむる栄養ミルク

特製のミルクは命をやしなふと知る老い母はいとはずに飲む

九十四歳生きる意欲のたしかなる母はミルクをけんめいに飲む

九十四歳母のいのちを見つめゐる姉と吾《あ》のみとなりしその娘《こ》の

九十五歳母の体の耐へきれず床に臥しますす日々とはなりぬ

とほく住む娘のわれは老い母を守りたまへと祈るほか無き

老衰と医者は言はるる食ほそく見る見るやせる母すべも無く

必死なる姉の介護にからうじて命ながらふ母と思ふも

手をとりて祈れば笑みを向ける母われの口元じつと見つめて

娘《こ》ふたりの愛をほしいままにして命のきはを生きます母よ

寝たきりの母の手をとり見つめ合ふ言葉なけれど通ひ合ふもの

われが名の百合の花束まくら辺に活くれば母の口元ほぐる

ひと回り顔の小さくなりましし母はほつそりベッドに臥する

もう何をしても回復せざる名は老衰といふ母の病名

うしろ髪引かるる思ひに帰岡せしわれに届きし老母の訃報

ああこれで楽になりしか逝き給ふ母のかんばせほのと明るむ

ほのあかき顔に納まるわが母の柩《ひつぎ》を抱きて抱きて別れぬ

大正、昭和、平成の世を生き生きて九十五年の母の生涯

津田梅子女史にあこがれ上京の母十五歳八十年前

新しき女性史の扉ひらかれし昭和初期こそ母の青春

新しき古き両時代を駆けぬけし母の生涯悔いはあるまじ

月探査機「かぐや」

雨上りなれば一層かがやきて十五夜の月のぼり来たれり

山うへの屋戸に仰げる十五夜の月皓々と孤影を放つ

十五夜の月かうかうと宵をあり窓あけしまま飽かずながむる

月探査機「かぐや」の撮りし地球のまあるくあをき映像届く

三十八万キロの彼方の「かぐや」より地球の画像地球に届く

月面に近き「かぐや」はこの地球《ほし》をあたかも月のごとくに撮れり

まあるくてあをき地球がそこにある月面に浮く水晶玉の

暗闇にほつかり浮かぶわが地球その営みの全て包みて

真青なる地球のあをさ続けかしそこに住む者けがすはならじ

宇宙の青きオアシスこの地球永遠なれと画像をながむ

われら住む平面ならぬ球体を「かぐや」は撮れり撮りて送り来《く》

粛々と地球月面に昇りそむ南海諸島か浮き立たせつつ

地球の出、地球の入りは、月の位置からでしか撮れぬものとふ

母を見るその子のやうに月はあり宙《そら》のまほらに地球に添ひて

引き合ひて離れず廻り廻りゐる楽しかるらむ月と地球は

子の月に母なる地球の子守うた聞こえてやゐむ響きてやゐむ

絶妙な地球と月の引き合ひを楽しみ在《ま》さむ創造の主は

七たびの

温暖な岡山の地の有難し嫁して七度の冬を迎へぬ

この人の他には無しと思ふなり共に老いつつ生きむと思ふ

「ここはとても良いところだね」耳元に逝きて間のなき母の声する

ちちははのやうな温とさおぼえそむここ岡山の冬の日だまり

やや痛む膝つ小僧をなだめつつ四肢の屈伸しをる日だまり

この年も桜の道を辿りつつ巡りゆきつつ湧くよろこびの

一斉に桜の花の咲きみちて鳥をあそばせ人を寄らしむ

国原に桜をめづる声々と景色のみちて安らぐしばし

咲き満てる桜並木路ゆく時し振り返り見て又を楽しむ

桜さく下を行きつつその力いただかむとて深呼吸せり

遅着者の二人を待ちてやうやくに選歌まとまり急ぐポストへ

岡山の桜めづるも七年目かくて異郷の人となりゆく

満開の桜《はな》のトンネル行きにつつ今生《こんじやう》の幸おもふたまゆら

先を行く君のくぐりし桜《はな》ふぶき吾《あ》もくぐりゆくその桜ふぶき

若桜《わかさ》の清水

鳥取の若桜《わかさ》の水路みづ澄みて梅花藻の咲く魚らも棲む

引き込める各戸の池に鯉およぐ若桜の水路街をうるほす

水源を共有なして巡る巡る若桜の水路たばしる水の

おのもおのも有難さをば知るゆゑに若桜のみづを汚す者なし

豊かなる湧き水若桜をうるほして命やしなふ基《もとゐ》となれり

ありがたき若桜の水にやしなはれ老いも若きもはつらつと住む

健脚と思ひしことの無けれども小さき旅に出でつこの日も

富士五湖

本栖湖に眺むる富士の壮麗に見とれてをりぬ刻惜しみつつ

精進湖、西湖ゆく道みえ隠る富士早乙女のはぢらふ如く

惜しみなく全容見する河口湖の富士は賑はふ紅葉まつりに

かくまでも人をあつむる富士のやま忍野《おしの》八海ひとの溢るる

うす暮れの山中湖畔の大富士をふり返り又ふり返りゆく

折々のうた

目も指も使ひ過ぎればおとろふを六十路半ばとなりて知りぬる

右の目に飛蚊を一つやしなへば見るを抑へむ欲を抑へむ

たまさかにメールで届く子の便り無事なればよし良き便りかな

鬣《たてがみ》をふりて子馬が跳ねてをり牝《め》馬親子は夕光のなか

裏山に木の実の落つる音のしてにはかに目ざむわれの童心

晩年の母に添ひ寝の一夜さの母のぬくもり今も忘れず

散歩みちいつも亡き父おもふわれ空を仰ぎて語りかけつつ

こころからやさしさにじむ演技なり宮沢りえの本質ならむ

あまりにも刺激のつよき現代をこころやさしく生きむと欲す

不況時は黒のファッションはやるとふ吾の好みはいつも黒なり

わが足に歩める今を楽しまむ山に川にと歩をはこびつつ

永劫より永劫の間《あひ》に生かさるるこの日この時いつくしみつつ

生けるもの全てをつつむ神の愛われに迫れば涙あふるる

飛騨高山・乗鞍岳

小京都飛騨高山の町家みな間口のせまく奥行ふかし

小間物の所せましと並ぶ店　軒並みつづく飛騨の高山

二キロほどつづく町家を見てめぐる飛騨高山の上三之町

飛騨和紙のひな人形を求めたりまろく小さく掌《て》にのるほどの

眉も目もほそく笑みゐる飛騨びなを買ひ求めたり旅の出会ひに

旅の荷に入れて帰りし人形の造作よろし無事をたしかむ

九十九折《つづらをり》のぼりゆくほど霧わきて乗鞍岳は雲海のなか

標高の二千七百乗鞍の残雪くろし汚染かここも

霧の中すかして見ゆるチングルマ乗鞍の夏わづか華やぐ

乗鞍のスカイラインに見る花のいまだ少なし夏のはじめを

乗鞍を下山のほどに霧はれて輪をもつ太陽浮かびてありぬ

穂高嶺・上高地

文月の空は快晴　穂高嶺の藍をさへぎるもの何も無し

藍と白コントラストの幾すぢに穂高の夏は燦とかがやく

山を恋ひ山に吸はるる人の群れ引きも切らずや穂高の夏を

日本のアルプス穂高にいま立ちぬつひに立ちたる思ひ深めて

見さくれば穂高連峰焼岳とつづくアルプスただに見惚るる

易やすと立ち入りたりし上高地乗りものといふ侵入者にて

山ふかき山のただなか上高地に運ばれて来ぬ易やすとこそ

アルプスのふもとを流るる梓川《あづさ》きよき流れとたぎつ瀬のおと

雪どけの流れの清したうたうと瀬音も高くゆく梓川

梓川の岸べに立てば無尽なる綿毛とびかふケショーヤナギの

淡雪の舞ふとも見せて綿毛とぶ梓川べを風にまかせて

林道の長きコースは君がゆく近きコースは私がゆく

林道の長きをゆきし君をまつ梓川べの風に吹かれて

途ぎれずに人の往来あるなれば君待つことの恐れもあらず

穂高嶺をぬひて流るる梓川これなる景色忘れじと思《も》ふ

穂高嶺のおくにそびゆる槍ヶ岳そのするどさに惹かるるや人は

藍ふかき穂高の山に幾すぢの白を描きて雪の残れる

初冬にかまた訪れむ穂高嶺にま白き雪の降りつもる頃

鳥取の海

「拉致現場危険」の文字の掲げある堤の先の鳥取の海

自衛隊駐屯場につづく道　日本海へとつづくその道

日本海を眺めてあれば洋上に黒く横たふ隠岐の島はも

弓が浜に打ち寄する波果てもなく無窮のときを刻むがごとし

三々五々とたたずみ眺む日本海むらぐも染めて日の沈みゆく

軍用機一機あらはれ旋回の鳥取の海　警戒すらし

もう八年

岡山に年を重ぬるうれしさよ　もう八年と数へて住まふ

縁ありてこの人と住むこの土地に青嵐を浴みもみぢ眺めて

丘陵の頂に住む初老なる足ありがたきバス停ちかく

子育てを終へし老年住む団地　近より過ぎず遠慮も過ぎず

室飼ひの犬一匹をかたはらに子供をめづるやうにして住む

四季咲きの紅ばらひともと植込みの中に咲きつぐ照る日くもる日

緋の色もゆる

一年の思ひのたけを染め上げてぼたん桜の緋の色もゆる

満開のぼたん桜のそよぎゐて雀寄りくる蜂も寄りくる

緋のいろに燃ゆるそばより若葉萌え桜一樹の今年もかがやく

菜園の追肥ほどこす手のさきに桜はなびらほろほろと散る

瀬戸内の丘に育ちし筍のめぐみ分け合ふワラビ分けあふ

半世紀経て苔むせる桜木の花のいきほひまだおとろへず

膝痛のゆるくなりたる身を伸ばし散歩にいづるあざみ咲く道

パノラマ

眼下には旭の川の滔々と流れゆく見ゆ五階の窓ゆ

岡山城の天守閣に対面す心臓センタービルの五階ゆ

岡山城の右手の山の頂にわが家も見ゆるパノラマのごと

緊急に入院の夫手術終へしづかに眠る五階の部屋に

絶景を一望できるこの病室《へや》のありがたきかなしばしを見惚る

多忙なる夫入院の休息をしばし安らへ急ぐことなし

七色の虹 (1)

生と死を分くる心臓手術より夫生還すほそき目をあく

仰臥する夫の手をとり握手すれば力を込めて握り返せり

生還の言葉まことにここにあり心臓手術に耐へくれし夫

体力と気力にまかせ邁進の牧師夫の突如の手術

朝ごとに「朗報です」と現はるる看護師の声ひびく病室

看護師の明るさの良し日の毎に回復の夫リハビリ始む

百メートル五百メートルと延びゆきてリハビリはげむ夫の明るさ

外科手術なれば見る見る回復の夫のよろこび退院迎ふ

生と死の生を賜ひし神なればこれよりは夫いとへ体を

かく早く退院の日を迎へしは現代医学の極みなるべし

温かみ戻りし夫の手をとりて院退出す歩調合せて

病窓《まど》に見し七色の虹まならうらに夫よ歩まむこれよりの日々

七色の虹は啓示か「今ここに汝のやまひ癒されたり」と

神さまと人の約束ノアの虹むかしも今も変らざるなり

おづおづと病夫に延べしもみぢの手かはる代るに孫ら握手す

ま命のつながりしこそ家族との睦みもあれと夫のほほゑみ

七色の虹（2）

頑張れの一語は言はず過ごしけり牧師夫に添ひて八年

「身をいとへ」口癖なりし妻われの思ひ届かず夫はやまひに

性分の頑張り癖にいつしかに心臓を病む夫となりゐし

「救急車で来よ」の言葉にとり急ぎ夫を連れゆく主治医のもとに

青ざめし夫を運ぶ救急車その二十分ああ長かりし

執刀医みづから迎へ先づ夫にカテーテル検査ほどこしくれぬ

執刀医検査ののちに緊急の手術の要を説き給ひたり

海辺にて洗礼式をほどこせる夫にてありしオペ前日は

短くも言葉をかけてオペ室に夫を見送る緊迫の刻

待合に待つ六時間呼び出されICUの夫に会ひぬ

さめよ夫あす朝ここに来るまでに覚めゐてほしいＩＣＵに

ひとしきり祈りしのちの平安に夫を訪ぬるＩＣＵに

ＩＣＵに仰臥の夫が笑みを見す「やつた！よかつた！」手術成功

目をみはる回復力に安堵せり諸《もろ》もろの管《くだ》外されてゆく

口数の少なき夫は何おもふ多忙なりし日回想するや

四十五年伝道ひとすぢ歩みきて初の大病夫の休暇よ

何事も福に転ずる大らかさ夫に備はる天与の性《しやう》か

入院の夫に添ひし二十日間手をたづさへて退院の朝

多忙より転じし休暇たのしめよ養生食に夫たのしめよ

うす紙をはがすがごとく癒えゆける開胸のきず夫のきずの

生涯の伝道心は先づ神にあづけて夫よ養生をせよ

再びの生賜はりし夫なれば神にあづけてゆるり歩まな

連日の見舞の客も引きゆきて二人となりぬ日常もどる

見ぬうちに庭のつるバラ花終へてトマトの苗の枝よく茂る

植ゑおきしサヤインゲンの実のつきて今朝は小かごに一杯を採る

散歩より夫と愛犬もどるころ門べにきこゆ野花かざして

体調のもどれるのちはゆるゆると働くもよし七十路の夫

生涯を牧者たらんとする夫よ神と人とに仕ふるもよし

山の家

山庵《いほ》にあやめ咲くらむ遠住みて思ひやる家《や》に夏の来たらむ

留守が家《や》に四季をりをりの花さくと教へてくるる友の便りは

山が家を見るたび懐かしみをると文くるる友かつての歌友

留守が家の庭の手入れをする人よ寂しかるらむ接待なくて

時をりを帰る山が家留守をわび隣人たちに声をばかけて

育ち盛りの男児のをりし山家《が》には蛇も蛙も飼はれゐにけり

大地震（1）

「この揺れは何事ですか」と神に問ひ「鎮め給へ」とひたすらなりき

旅の日に巨大地震に遭遇す明日は帰ると決めしその日に

六十路まで遭ひしことなき大地震マグニチュードは九・〇と

震度六におそはれし瞬間言ひしれぬ衝撃はしるこの身のうちを

震源はいづこぞいづこ地獄絵の脳裏をよぎる身をかばひつつ

東日本広域地震なりしこと翌々日のテレビにて知る

不思議なるしづけさのあり地震後の街に野犬の姿は見えず

野の鳥も小動物も野に生きるものの強さを地震におもふ

文明といふ名の危機を思はさる巨大地震に見直すべきを

行列を余儀なくされし人の群れ一キロつづく水を求めて

大地震、巨大津波に放射能、日本の苦悩収束はいつ

日本に奮起うながすや大地震もうひとたびを立ち上がれよと

震災ゆ立ち上がらむよ戦災ゆ立ち上がりたる国民なれば

大地震(2)

震災に逝きし歌友の在りし日の筆跡しるき文をまた読む

一人居のさびしさつづる歌とものの如月のうた遺詠となりぬ

母親を助くと海辺に戻りしを帰れずなりし歌ともよ嗚呼

被災地にほのかに点る灯のごとし塩害うけし桜の開花

震災後三週間を漂流の犬助けらる救助のヘリに

一秒の先にあることさへ知らず旅先にゐし地震《なゐ》のあの刻

一秒の先もはかれぬ生の身は畏れて人の道を歩まむ

省みるべきは省みものなべてうべなひ生きむこころ素直に

四重苦

大地震、津波、原発、豪雨禍の四重の苦にあへぐ日本ぞ

重ねての天災人災この国をおそひしことの痛み苦しみ

被災者のヘリコプターに助けらるる映像みつつ涙こぼしつ

かつて無き被災にあへぐこの国の未来を信じあゆむ他なし

ドナルド・キーン氏

被災せし日本に帰化を決めしとふドナルド・キーン氏来日される

日本を愛する証しの即実行ドナルド・キーン氏帰化の来日

はや若くはあらぬキーン氏少年のごとく頬そめタラップ降りる

原発の事故のこの期の来日を選ぶはキーン氏の真心にして

原発禍以来離日のあまたある中の来日キーン氏の愛

願はくはキーン氏の目に日本の桜よ山よ清らに映れ

九十歳キーン氏の住む日本の住み良きことをひたに願ふも

日本文学『源氏』に魅かれし十九歳キーン氏とわれ妙なる符合

語り口おだやかにして示唆に富むD・キーン氏の日本文化論

二千キロ車の旅

震災に遭ひし常陸《ひたち》の郷里への旅計画す君の発案

常陸まで車で往復二千キロ「何でもない」と君は言ひきる

備前より早も赤穂へ順調な滑り出しなり旅の始まる

日本の高速道路の利便さを味はふ時速百二十キロ

震災の跡かたもなく滑らかに車は走る名神道を

関ヶ原の辺りゆくとき心なしか風がさわぐを耳朶に受けとむ

ますらをの夢の跡かな車窓より思ひを馳する近江尾張路

信長に秀吉家康烈士らの生きざま思ふ近江尾張路に

彦根長浜戦乱の世をあらがへず翻弄されし姫らを思ふ

戦乱のるつぼを生きし姫たちの悲哀をおもふ近江尾張路に

長良川ほとりの歌人あやさんを思ひ出でたり往き過ぐとして

運転の出来ないわれが助手席にあれやこれやと口添ふをかし

道路地図カーナビ頼りにふたり旅分岐点をばピタリと決めて

駒ヶ岳に仰ぐアルプスうつすらと白きもの置くまだ神無月

アルプスの高き嶺々仰ぎつつゆく長野路の空は快晴

白馬あり駒ヶ岳あり穂高あり日本アルプスまこと美し

浅間山妙義の山も一望に上州路ゆく日本晴れなり

昭和史の「浅間山荘事件」など思ひ出でたり浅間の山に

北関東自動車道に入りけり足利氏の栄えし栃木

益子焼桐生紬の里をゆくわが目ざす水戸はや遠からず

水戸目ざし常磐道に入りしとき清水を得たる魚の心地す

日本の道路事情に感嘆す震災の疵あとかたもなし

宇宙より見ればさながら血管のやうに見ゆるか地を這ふ道路

かつての日飛機の窓より見し地上　蛇行の川のくきやかなりし

長旅の疲れも忘れねんごろに掃除をはじむわが山荘の

長旅の疲れも見せずわが君は植木剪定をはじめんとする

千キロを同乗の犬かしこまり山のいほりに眠り始めぬ

亡母《はは》が家《や》を訪ねしわれらを喜びて集ひてくれし兄らも姉も

震災後はじめてひらく兄姉会手を取り合ひて逢ひをよろこぶ

待ちてゐし姉はよろこび賜ひたり亡母の形見の品のかずかず

山荘のすみずみまでも無事なりしよくぞ地震に耐へしとおもふ

山荘に地デジの及びテレビ付く帰省の望み繋がりしなり

帰り路は勝手知りたる高速道こころも軽く走る千キロ

二千キロ車の旅を無事に終ふ終へて感謝す君のその労

旅の途次きみとの会話に充ち足りて先のことなど明るむ思ひす

第六章　足あと

（二〇一二年――二〇一四年）

前兆ありし

冬眠の蛇が這ひ出し熊が出づ巨大地震の前兆ありし

山猿の出没ひとはただ追ひて天変地異を思はざりけり

地質学の見地で記す地震説　生物異変も記録して欲し

地に這へる動物ほどの感知力もはや持たざる「ヒト」となりしか

地に生くる小動物の動き見よ地に根ざしたるものの叡知を

文明に頼らぬ山の生きものの生命力を知る大地震《おほなゐ》に

五十頭の鯨の打ち上げられしあとニュージーランドの大なゐありき

人界の塵に芥にまみるれど富士従容とあるがまま立つ

再びは聞きたくなしと論者言ふ「想定外」と「無作為」の語辞

過酷ぞこの世

くり返しつづくいぢめは身を避けて防ぐほかなし過酷ぞこの世

人心の荒れしこの世に生まれしも救ひの道は備へあるはず

苦しみて人の痛みを知る者よ知りては人を害すべからず

氷山の一角ならむ現はるは　いぢめの問題解明いそげ

人間を苛むいぢめ問題の解明いそげいのちを守れ

愚直に生きむ

敗戦の将のごとくに佇みぬ二〇一二年夏の日のこと

こだはれば胸を苦しくするばかり「太刀」と大きく書きて払ひぬ

大切なもの一つづつ失するとも真ごころだけは抱へおくべく

これの世の一本道を不器用に愚直に生きむわが道なれば

わが生きを生ききるほかに無きものを侵すべからず冒すべからず

ああ何とすがしき初日《はつひ》　眺望のこのスポットで泣きし日もあり

時をりを甦りくる人の名の甘きを連れて苦きを連れて

事柄のとどのひたれど如何にせん心に残滓ある日月は

星野富弘　——花の詩画展——

始まりに終りがあるは定めなり生まれし日から死に向きて生く

蜘蛛の巣にからまれし身をふりほどき春のひかりの中に蝶舞ふ

魔の手よりのがれし蝶の舞ひ上がり春陽の中に吸はれゆくなり

星野氏の口筆による花と詩が蝶の悲傷をじわりと包む

反響に反響をよぶ星野氏の口筆による花の詩画展

頭だけ機能をのこす星野氏に神は奇跡の画技を賜へり

信条を人種を越えて共感をおよぼすちから星野氏は得つ

栄光と悲惨はつねに紙一重「花の詩画展」笑みと涙と

星野氏のやはく小さきほほ笑みは世の誰よりもつよく優しい

カーネーションと薔薇

鉢花のカーネーションの位置占めて十日余りを卓ににぎはふ

母の日のカーネーションを賜ひたりわれには贈る母すでに亡し

両親の亡きわれ誰に感謝せむ今を生きをる君と子たちに

年々に身は弱るとも心根は弱らざるなり日々に新たに

つる薔薇のはびこる垣にわづらふもその花どきは華やぐわれも

道をゆく誰やかれやに所望され薔薇を切りやる花季のならひに

大輪の薔薇いつぱいを壺に活け室に据うればわれも華やぐ

姿勢

何千回何万回を壇に立ち道を説きしか君五十年

走るべき行程を走り終ふるまで君の姿勢は変らざるべし

宣教の一念にして半世紀おもへば君は守られて来し

齢経《としふ》れば胆も座ると言ふなれど然《さ》にあらずかなわれの小さし

ゴーヤーの緑のすだれに実の七つ日々に太るよ大小あれど

先頭に父がその後を子と母がつづきて鶴の親子の飛翔

生きゆくに多くは必要ありませんこの身やしなふほどで充分

平凡といふ順境をかへりみてよろこび詠ひつつしみ詠ふ

春、沸騰す

夢に逢ふ母はやさしも愛し子にベストスマイル遺しゆきしぞ

春来たる散歩に出でむざぶざぶと冬のこころを洗ひに出でむ

離れ住む息子ちかごろ柔らなり吾とふ母に向ける心の

教師歴二十二年のわが息子わが手離れていよよの飛翔

ファミリーは少し離れてゐるがよい少し離れて慈《いつく》しむもの

嫁殿と不仲のなきはお互ひに控へ目な愛知りてゐるゆゑ

生き急ぐわれにあらねどみづからの年の重ねによろこびのあり

丈二センチの雑草はやも実をもちて庭にはびこる勢ひ羨《とも》し

健康法と思へば庭の草取りも苦にはならざり週おかず取る

紫に白に黄色にとりどりの花を咲かせて春、沸騰す

風船かづら

わたくしの心につんだ積木群くづしてみれば楽にはならう
この世での富は彼処に運べない荷物を入れる場所は無いので
身につけし欲の無ければ軽からう天国ゆきは手荷物なしで
心から追ひ出せむもの追ひ出して涼やかにあれ風船かづら
人われをそよがするもの去らば去れ軒の風鈴ちりんと鳴りぬ
ちちははよそのちちははよ紛れなくわれは人の子われは人の子

父恋ほし母また恋ほし古里の墓に参りてしばしを佇ちぬ

ふる里の墓にかがまり草を引くこのひと時の安らぎにあり

軽井沢にて

アメ横のやうでもあると軽井沢銀座を往きて懐旧しきり

名にし負ふ服飾の店宝飾の店立ち並ぶ軽井沢には

早逝の森村桂のパン工房消えて久しき　一陣の風

軽井沢には軽井沢の風が吹く異国籍風ひとら往き交ふ

運命のテニスコートの横をゆく天皇皇后出会ひの場所の

風説と現場の差異は否めざるここ軽井沢孤島のごとし

軽井沢の目覚めはうぐひす澄みとほる声きかすなり旅人われに

そこここに心づくしの野の花のかざりてありぬ森のペンション

大樹なるヒマラヤ杉の枝々をうぐひす鳥のこゑ鳴きかはす

ドルフィン

腹を見せご主人には甘え見すドルフィンといふシェパード犬は

甘えゐし次の瞬間居を正す切り換へ早しシェパード犬の

目が合へば宮本武蔵もかくなるかシェパード犬のまなこするどし

尾をさげて歩行者天国を曳かれゆくドルフィン大型犬の従順

軽井沢銀座の一期一会かなシェパード犬がわれに尾をふる

山ふかく営む宿の夕膳をまんまる月が差しのぞくなり

多胡光純　——天空の旅——

山はだの金襴緞子と青いそら智恵子も見しか安達太良の山

フクシマの騒ぎをよそに安達太良の山をいろどる紅葉《もみぢ》のにしき

山小屋に「復興」の文字かかげあり朝日一条そそぎて照らす

多胡さんの紅葉《こうえふ》を撮る空のたびパラグライダーでふはり安達太良

高度二千メートルを越え多胡さんのパラグライダー湿原を撮る

梓川をさかのぼりゆくパラグラの穂高の山に抱かれにつつ

いちめんのもみぢの原を眼下にしパラグライダー危ふげもなし

汚濁など微塵もみせず紅葉を映すみづうみ息のむばかり

良き仕事する多胡さんに奥さんのパートナーぶり成程なるほど

初はるの夢

横浜港の汽笛のとどく高台に若き日のわが歌の師は住む

一斉に除夜の汽笛は鳴りひびき祝砲のごと届きしか師に

若き日のわが逃亡を責めませず見守りたまふ師のみ思ひは

田町まで編集会議に通ひたる若き歳月忘れ得もせず

人並に憂きも甘きも身に受けつ　余白のページいさぎよくあれ

いつの日か一度は逢ひてかのときの真意のべたき初はるの夢

後日譚すがやかな師の回想に受け応へする耳おのづ澄む

庭松

さんざんに剪られ撓められ美しく幾歳月を生きる庭松

出生《しゆつしやう》のままでは人の美意識に適はないゆゑ撓めらるる松

さつぱりと整へられし庭の松にんげんの目が仰ぎてめづる

庭にあることの宿命あはれとも美しくともこれの黒松

これがあると無いとでは大ちがひ庭の王者はやはり黒松

厄介な趣味をもちしと思へども止むにやまれぬ庭の手入れは

代々の子らが登りてあそびしと祖父の家には大松ありき

とほき日に祖父のみまかり父も逝き伝承の松ひさしくを見ず

松のよに剪りこまるるも無き一生《ひとよ》良しとも思ふ悪《あ》しとも思ふ

ホタルの舞

東山温泉郷の渓谷にホタルとびかふ水無月夜ふけ

ことし螢にあへしよろこび思はずもはしやぎてをりぬ伏見の宿に

寝入りばなの君を起こして渓谷のホタルに見入る伏見の宿の

子どものやうに無心となりてホタル火をかぞへてをりぬ四つ五つと

弧をかきてホタル乱舞す更くる夜にこゑもなく舞ふ求婚の舞

宿りたるその夜にホタルあらはるはめづらしと宿のあるじおどろく

めつたには現はれぬとふホータルに逢ひの叶ひぬ幸ひとせむ

旅びとの一夜をいろどりくれしかな伏見のホタルつむれば明かし

岩盤の上にあるゆゑ震災のおよばざりしと会津のあるじ

時代を恐る

散歩より帰りし君が捧げもつ花の一枝が初なつを呼ぶ

みづからの古きを捨つる覚悟とも初夏に降る降る木犀の葉は

出る杭は打てとばかりに各局にさらされてゐる女性科学者

捨つるあり拾ふこれあり砂漠にものどをうるほすオアシスはある

大物の悪は隠して恰好な人物に非をかぶせるこの世

大切なものは多くはありません母の教へは今も息づく

今ここで不必要をのぞくなら軽い一歩をふみだせませう

最近のこの国変ぢやありません？　ひたひたと寄る波を恐るる

アンネのバラ

A・Fのあなたの名前がよみがへるアンネ・フランク　ユダヤの少女

十五歳少女の死より七十年『アンネの日記』破らるる怪

十五歳『アンネの日記』の映像を十五歳が観し五十五年前

ベルゲンの強制収容所にて死すアンネのこころ今に生きゐる

不条理のアンネの死より七十年その名を知らぬ者は無からむ

一株の「アンネのバラ」をいただきぬ育てふやして広めむこころ

日本にただ一つある「アンネ館」おとづれし日はバラの満開

オレンジに咲けるアンネのバラの庭　子らの手しほに咲かせゐるとぞ

大戦ゆ七十年ぞ日本の平和憲法堅持をせねば

妖精も来む

何万といふ署名あり憲法の記念日あさの新聞紙上

国民の声をきけかし為政者の耳が見えない声が聞けない

押しながるる濁流のごと物事の決められてゆく現世を恐る

一票の軽さをなげく運んでも運んでもなほこの足重く

われの住む湊の山のなだりには紫けぶり藤の花さく

小雨には小傘をさしてイオン浴　山の道には妖精も来む

小康の膝の機嫌をとりながらマイナスイオンのこもる道ゆく

町道をいつも掃除のをぢさんに挨拶すれば笑顔がかへる

哲学をきつとお持ちだ町道をもくもくと掃くこのをぢさんは

足あと

胃潰瘍の痕跡あるを告ぐる医師なやみし日々の箔のごとくに

砂はまにつづく一人の足あとは吾《あ》を背負はれし主のみ足あと

あなたが白髪《しらが》になつても背に負ふとあがなひ主は約したまへる

ばらばらに散りしことばを集めむと編むを決意す散りしものらを

早きには逸《はや》らぬやうに遅きには失せぬやうに一世《ひとよ》編みたし

うたびとの詠ふことばは遺言と言へばわが師は即うべなはる

わが骨は亡君《きみ》と君とで分けて欲しわれには二つの墓があるゆゑ

わが骨は亡君と君とで分けて欲し二つの愛にわれ生きしかば

亡君のすゑ君の裔《すゑ》まで平安をいのるを欲す世の果つるまで

わが遺しゆくはことばよこころよとおぼえ下され覚え下され

汝《なれ》とわが魂《たま》のゆき処《ど》は一つなりわづかの時の前後あるのみ

未知への一歩

自転車で旅する人のつぶやけり風が強いが風とあそばう

四面楚歌・絶体絶命恐くない　天がまるまる開《あ》いてゐるから

転ぶごと人は大きくなりゆくとテレビドラマのことばかがやく

捨つるもの得るものありて人は成る　ことば降りきて兆す希望は

二つ得て一つ手放す気軽さのやつと身につく齢《よはひ》となりぬ

歩いても走つてみても駄目ならば跳んでみませう忍者のやうに

人生の一つの過程古稀といふしるべに立ちぬ未知への一歩

六十路には六十路の景色　七十路は如何なる景色見てや過ぐらむ

憂きことはみな忘れようあの空のふかき彼方へこころ放ちて

伝道と奉仕に労を惜しまざる夫の姿が亡父《ちち》に重なる

復興の成りし教会尋《と》めゆきて神のみ恵み共に喜ぶ

実行には✓を記してわが暦ひと日ひと日を逝かせる如し

夫より小さき机をわが用ゐ家計簿しるす校正もする

根つからに教師とおもふ身の内を亡父のことばがふはり越えゆく

跋／生と死の無言の影に覆われて――甲村秀雄

この歌集『軌跡』は、香野ゆりの「あとがき」によれば彼女の第六歌集になる。第六歌集というからには六番目の歌集でなければならないが、そこには二つの意味を伺うことができる。一つは六冊の歌集を集めて編んだ全歌集としての意味と、もう一つは未刊である六番目の歌集『足あと』としての意味である。その両方の意味を込めての第六歌集という、あるいはその後者のみを意味しての第六歌集というどちらの位置づけなのか、そこのところは分からない。

二十年ほど前、香川進の全歌集を編纂した折のことだが、不思議というか奇妙というか、悩ましい体験をしたことを思い出す。それは「全歌集」の意味を巡ってのことである。それまでその人の生涯における全ての刊行された歌集を集めたものを全歌集と呼ぶものだとばかり思い込んでいたが、必ずしもそうではないことを知った。香川は八冊の歌集を刊行していたので、全歌集にはその八冊の歌集が収められるものと疑っていなかったが、示された歌集は全部で十冊あった。まだ誰も知らない未刊の歌集『構築』を二番目に、『死について』を八番目に収録せよという指示で、都合十冊となったのだ。香川の「あとがき」に「全歌集というじょう、未刊の歌集を入れるのが常識だ」と書かれてあるのを見て、初めて全歌集とはそういうものかと思った。

で、歌集名の『軌跡』についてだが、その命名の根拠がどこにあるかは語られてい

ない。しかし、この歌集が著者を軸として描かれた家族それぞれの人生ドラマである
ことから、容易に納得がいく。つまり、人生の軌跡ということである。

夕餉とる夫のかたへに伴ひて詠みしばかりの歌など聞かす
喜びも悲しきこともこれの身の一つ器に受け容れにつつ
狼に気をつけなさい黒髪をふりふりてゆくわが赤づきん
まぼろしとうつつのはざま往き交へる君とふ自在を封じ込めんか
くれなゐの極まりしとき自らを引きしぼるがに夕日落ちたり

第一章「合歓の木」から第六章「足あと」に至る轍は、まさに大河ドラマそのものである。それは娘、息子の成長に符合するようにして夫の死、父の死に遭遇し、やがては母の死を経て終息へ向かうという道筋だ。この間、娘と息子の結婚と孫の誕生といったエピソードの広がりを見せつつ、まだ見ることのない未来への、その入り口でドラマは幕を閉じている。

この全六章からなる歌集の先に何があるのか、沈潜と陶酔をほのめかしながらも、著者以外の者には予見すべくもない。

わが若き日々を顕たせて娘の弾けるショパンのワルツ今宵を満たす
パスカルの『パンセ』の岸にそよぐ葦その葦むれの中の一本
ダイアナといふ美しき肖像と悲劇を残しパリに死す妃は
はや若くはあらぬキーン氏少年のごとく頬そめタラップ降りる

著者がその人生の中で大切にしている人々の中にドナルド・キーン、大西民子、マザー・テレサ、アンネ・フランクといった数多くの名前が見える。ショパンやパスカル、ダイアナ英妃などもそうであろう。これらの人々は単に歌の素材というだけでなく、どこかで人生に影響を与えてきたということでもあろう。ちなみにドナルド・キーンと言えば『源氏物語』だが、私の大学院での修士号取得の学位論文も「源氏物語―宇治十帖の構想」であったことを思い出す。文献学の佐藤謙三教授に指導を受けたが、私は文芸学的手法によって紫式部が源氏物語五十四帖をいかなる順序で執筆したかの研究を行った。特に、宇治十帖の構想を明らかにするというものであった。

おもむろに聖書をひらき読みはじむ母のその声まだおとろへず
二千年の時空を超えてエフェソスに使徒の辿りし足跡を行く

また、全編に見え隠れしながら流れる一人の人物、一つの宗教がある。イエス・キリストとキリスト教である。生まれながらに教会の子と自負する著者だけに、そこから受けた影響は計り知れないものがあろう。

ここで『聖書』についても触れないわけにはいかないだろうが、私はキリスト教徒でもないし熟知しているわけでもない。ではあるが、この世で最も謎に満ちた一つの書、最も魅力を抱えた一つの書を挙げるとすれば、躊躇なくそれは『聖書』と言わざるを得ないだろう。書かれてあることを真に信じているわけではないが、そこには事実が書かれてあるのだと思いたいしそう思ってきたのだ。おおかたは「創世記」への興味に過ぎなかったものが、繰り返し読むうちに、その興味は客観的な史実として受け入れるほうが自然ではないかという考えに変化していったのだ。昔、人間の体に良い食べ物は第一に海の植物で次に陸の植物、そして海の動物、陸の動物の順であるという認識であったものが、エデンの園を回避する神ヤハウェが肉を好物としたことを知って私の好みも変化してしまった。人類史上最初の殺人がアダムの長男カインによる次男アベルへの弟殺しであった原因も、神が肉を好物としたことにある。神が好物にしているのだから体に悪いはずがない、ということでいつしか私も肉類が好物になってしまったのだ。

真白なる産着に包まるるみどり児を抱けばいのちの重みの伝ふ
ああこれで楽になりしか逝き給ふ母のかんばせほのと明るむ
魔の手よりのがれし蝶の舞ひ上がり春陽の中に吸はれゆくなり
ふる里の墓にかがまり草を引くこのひと時の安らぎにあり

この世は二つのものから成り立っている。二つのものとは「そのものとそのもの以外のものである」と言ったのはプラトンである、と昔からそう記憶している。今回この跋文を書くに当たってざっとではあるが『リュシス』、『饗宴』、『クリトン』、『ゴルギアス』、『メネクセノス』、『ソクラテスの弁明』、『パイドン』、『クレイトポン』、『国家』、『クリティアス』、『第七書簡』に目を通したが、どこにその記述があるのか見つけられなかった。あるいは私の長年にわたる勘違いか思い込みかのいずれかであったかも知れない。それはそれとして、納得できる一つの真理であろうかと思う。で、その二つのものとは「生」と「死」であると言えなくもない。

この歌集は、生と死という無言の影によって深く広く覆われている。ある時は生を讃え、ある時は死を悼む。生きていること、生きていくこと、死んでいること、死んでいくこと。静謐な文体の奥底で控え目に叫んでいるその叫びが、聞こえる。

あとがき

短歌との出会いは小六の国語の授業で、であった。あの「七重八重花は咲けども山吹の」の歌である。新任の初々しい男性教諭がそれを語られた。短歌のことばとリズムは何て素敵なんだろうと十二歳は思った。高校に進学すると、何とそこには二人の歌人教諭がおられた。桐原美代治先生（茨城歌人）と筑波葦子先生（白路）だった。のちに関わっていくことになる先生方との十五歳の出会いである。学生時代は仲間を誘って詩、短歌、エッセイを掲載する文芸誌の編集発行人をしていた。まだ遊ぶことの発達していない古き良き時代であった。

本格的に結社に所属して活動を始めたのは四十歳からであった。

遅かったか早かったかはわからない。それが私の「時」だったのだろうと思う。この辺からの経緯は巻末の略歴に書いた。結社での活動の三十年間で、正確に言うと、十年後からの二十年間で五冊の歌集を出させて戴いた。短歌という分身を世に旅立たせるという経験の連続であった。その都度の区切りと納得が自分なりにあっての営為であったと思う。その五集をつなぎ合せれば、自ずと自分史とその背景が浮かび上がる。それに今回は第六章「足あと」を加えた。

初期の歌集は最早手元には一冊しか残っていない。読みたいと言って下さる方があってもどうしようもない。初期から現在までを一冊にまとめてみようと思った動機の一つとなった。

次に私に力を与えたのは、何と言っても甲村秀雄という先生との出会いであろうか。日本短歌協会やナイル短歌工房との関わりは三年ほど前からであるが、何としても私には摑むことの出来ない理解を超えた存在の先生である。未知の力は大きい。そして底知れぬ優しさがある。おそらく関わる全ての人にそうであろう。

今回、私の第六歌集『軌跡』――香野ゆり第一歌集から第六歌集まで――を編むに当り、甲村先生の底知れぬ爆発力に負うところが大きいと思わざるを得ない。各集より自選の一三四三首を収めた。

立ち止まることを許さない大きな力によって、私は今、背中をドンと押され、人生的短歌的大きな転換期を迎えているのかも知れない。

その時の潮流には逆らい得ないし、逆らわない方が良いのだ。

次に私的なことになるが、私の短歌を支えた二人の人物を記したい。それは亡き夫であり、そして又、現在の夫である。二人の人物によって私の短歌はつむぎ出されてきた。こういう幾つもの幸が重なり、私の信ずる神のみ守りがあって、大きく外れることなく生きて来られたと思う。瞑目するばかりである。

甲村秀雄先生には跋文を賜わりこの上もない喜びです。短歌研究社の堀山和子様はじめ編集校正の皆様には大変お世話になりました。厚く御礼を申し上げます。お読み下さる方々との短歌的出会いも念じつつ、ペンをおきます。

二〇一五年弥生

香野ゆり
（吉岡百合子）

吉岡百合子略歴

1943年　茨城県に生まれる。父は牧師加藤喜夫、母はしずゑ。幼少より詩作とピアノに親しむ。

1961年　茨城県立水戸第二高等学校普通科卒業。在学中コーラス部（全国コンクール出場校）と文芸部に所属する。音楽と声楽を藤沢弥生子師に、国語を筑波葦子師（白路）に、桐原美代治師（茨城歌人）にも学ぶ。短歌にも出会う。

1963年　生まれながらの教会の子であり、父母の教えによりキリスト教浸礼を受ける。十字架の意味を理解し、受け入れる。

1964年　茨城キリスト教短期大学教養科（文学）を卒業。中学国語２級免許に加え保育士免許、カワイ音楽教室ピアノ講師の資格も取得。ピアノ演奏法、指導法の特訓を受ける。
在学中、滝口洋師（古典文学）、滝田勝師（ドイツ文学）、草壁泰之師（法学）、岡崎昇師（心理学）、山口隆太郎師（生物学）、上村昌次師（宗教学）その他、語学、教育学等を受講し、深く影響を受ける。

1966年　クリスチャン企業人神保滋と結婚、神保百合子となる。
実父の幼稚園設立に関わり、付属音楽教室の専任講師となり2000年の退職まで34年間を務める。奉職時、私立幼稚園連盟より表彰状を、退職時には幼稚園より感謝状を受ける。

1967年　長男星誕生。

1973年　長女恵美誕生。

1983年　華道家元池坊より教授資格を取得（華道名　静月を賜わる）。

1986年　夫滋急逝（心筋梗塞）、日立市平和台霊園に納骨。

1989年　父喜夫死去、日立市平和台霊園に納骨。

2001年　長男星、武蔵野音楽大学の後輩佐々木正子と結婚。

2002年　長女恵美、８年間のヤマハピアノ教室講師を務め退職。同年、山本潤と結婚。

同　年　神保百合子、牧師吉岡章と結婚、吉岡百合子となる。
以降、夫である牧師の助力者、教会奏楽者、歌人、短歌指導者として四役をこなす。

2008年　母しずゑ死去、日立市平和台霊園に納骨。

2015年　吉岡百合子、岡山在住13年となる。

香野ゆり歌歴

1963年　作歌と詩作が活発となる。学内文芸誌「玻璃」編集発行人を２年間務める。

1985年から1986年にかけてNHK短歌講座「短歌春秋」で篠弘氏の指導を受ける。全国短歌コンクールで入賞３回。その後出詠を止める。

1985年より牧水系短歌結社「野榛(ぬはり)」に所属。坂井時哉師、田中全太郎師、宮原勉師らに指導を受ける。

1992年　野榛白雲賞、大会賞、選者賞、会長賞など、四賞を受賞。

1993年より選者、批評者、編集運営委員を務める。日本歌人クラブ会員。

1995年　「野榛」より「ぬはり」へ移籍、松浦説三師のもと選者、批評者、編集校正をつづける。通算20年間を務める。

1998年　結社誌上に、現代短歌鑑賞として大西民子氏、河野裕子氏の全歌集をひもとき、歌集毎の鑑賞文を月々発表、２年間つづく。

2003年　松浦説三歌集『天窓』の鑑賞依頼により、「ぬはり」誌上に月々発表。２年間つづく。2002年、結婚により岡山市へ転居。

2004年　岡山県歌人会に入会。

2010年　松浦師の逝去後も選者、執筆者をつづける。

2011年　日本短歌協会に所属（正会員)。東日本大震災発生。東北の歌友３人を失う。

2012年　「ぬはり」を退会。「ナイル短歌工房」に入房。代表甲村秀雄師のもと作歌をつづける。維持同人、作品批評担当のほか、グループ「星のしずく」の代表を務める。

1986年以来の短歌研究自主グループ「萌の会」を継続、主宰を務める。

2004年よりキリスト教会機関誌文芸欄（短歌）の主幹を務める。現在に至る。

著　書

1993年	第一歌集	合歓の木	日本歌人クラブ刊
1997年	第二歌集	母への便り	アテネ出版刊
2004年	第三歌集	ベストシーズン	アテネ出版刊
2007年	第四歌集	方位針　――空と地の旅――	短歌新聞社刊
2012年	第五歌集	七色の虹	アテネ出版刊
2015年	第六歌集	軌跡　――香野ゆり第一歌集から第六歌集まで――	短歌研究社刊

（その他合同歌集、合同編集歌集多数）

著者近影

省略　検印

ナイル叢書24番

平成二十七年四月三十日　印刷発行

歌集　軌《き》跡《せき》
——第一歌集から
第六歌集まで——

定価　本体三〇〇〇円
（税別）

著者　香《こう》野《の》ゆり
（本名　吉岡百合子）
郵便番号七〇三―八二六六
岡山県岡山市中区湊一三六〇―九

発行者　堀山和子
発行所　短歌研究社
郵便番号一一二―〇〇一三
東京都文京区音羽一―一七―一四　音羽YKビル
電話〇三（三九四四）四八二二番
振替〇〇一九〇―九―二四三七五番
印刷者　東京研文社
製本者　牧製本

ISBN 978-4-86272-435-9　C0092　¥3000E